플로베르의 나일 강

KB150750

작가가 사랑한 도시 01

플로베르의 나일 강

초판 1쇄 인쇄 _ 2010년 7월 1일
초판 1쇄 발행 _ 2010년 7월 10일

지은이 _ 귀스타브 플로베르 | 옮긴이 _ 이재룡

펴낸이 _ 유재건

펴낸곳 _ (주)그린비출판사 | 등록번호 _ 제313-1990-32호
주소 _ 서울시 마포구 동교동 201-18 달리빌딩 2층
전화 _ 702-2717 | 팩스 _ 703-0272

ISBN 978-89-7682-110-2 04800 978-89-7682-109-6(세트)
이 도서의 국립중앙도서관 출판시도서목록(CIP)은 e-CIP 홈페이지
(http://www.nl.go.kr/ecip)에서 이용하실 수 있습니다.(CIP제어번호:CIP2010002242)
책값은 뒤표지에 있습니다. 잘못 만들어진 책은 서점에서 바꿔 드립니다.

그린비출판사 나를 바꾸는 책, 세상을 바꾸는 책
홈페이지 _ www.greenbee.co.kr | 전자우편 _ editor@greenbee.co.kr

작가가사랑한 **도시** 01

플로베르의 나일 강

귀스타브 플로베르 지음, 이재룡 옮김

AUSTRALIAN

유럽

투르크 제국

지중해

알제리

리비아

이집트

나일강

아라비아 반도

홍해

북아프리카

. . . .

귀스타브 플로베르는 1849년 프랑스를 떠나 그토록 고대했던 동방여행을 시작한다. 지중해의 몰타 섬을 거쳐, 이집트의 알렉산드리아 항구에 도착한 그는 나일 강 여행을 마친 후, 시리아로 가서 베이루트를 거쳤다 예루살렘으로 들어간다. 이란을 여행하려다 여비가 부족하여 지중해의 로도스 섬으로 방향을 튼 후, 투르크 제국의 콘스탄티노플에 도착해서 한 달간 머물고 그리스에 들렀다가 이탈리아의 나폴리와 로마까지 모두 둘러본 뒤에야 귀국길에 오른다. 그의 동방여행은 1851년 5월까지 총 2년간 지속되었다.

. . . .

1850년 2월 14일부터 7월 5일까지 플로베르는 돛단배를 빌려 나일 강을 거슬러 올라간다. 총 140일에 걸쳐 이집트 곳곳의 유적지와 마을을 둘러보면서, 여행지에서마다 그는 어머니와 친구들에게 내밀하면서도 열광적인 여행의 감상을 편지로 써 보낸다.

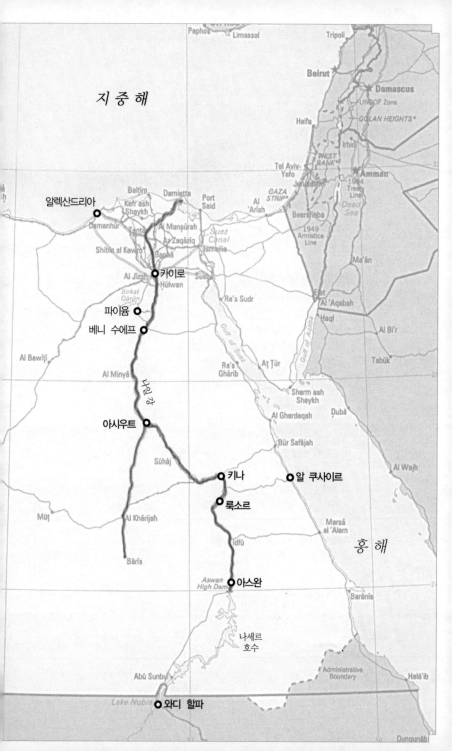

차 례

일러두기

1 이 책은 Gustave Flaubert, *Voyage en Orient: 1849~1851*, Édition Centenaire, 1925에서 플로베르가 나일 강을 여행하며 어머니와 친구들에게 보낸 편지 중 일부를 발췌해 옮긴 것이다.

2 본문 이해를 돕기 위한 옮긴이 주 가운데 인명과 지명 등의 간략한 정보는 본문에 작은 글씨로 덧붙였으며, 좀더 상세한 설명이 필요한 내용은 각주로 처리하였다.

3 외국 인명이나 지명, 작품명은 2002년 국립국어원에서 펴낸 외래어표기법을 따라 표기했다.

4 단행본·정기간행물은 겹낫표(『 』)로, 논문·단편·곡명 등은 낫표(「 」)로 표시했다.

Nile

어머니께_1850년 2월 14일

베니수에프, 돛단배에서

떠난 지 여드레가 되었네요. 우리는 25리유옛 거리 단위. 1리유는 약 4km를 왔는데 이틀째 되는 날에는 역풍이거나 아예 무풍이었고 오늘 밤도 마찬가지입니다. 그래서 항상 밧줄로 배를 잡아끌어야만 했지요. 바람이 잦아들면 사람들은 웃통을 벗고 물에 뛰어들어, 강변까지 헤엄쳐 가서 밧줄로 배를 끌어당깁니다. 오늘 아침에도 한 사람이 이 일을 빨리 하지 않으려는 것처럼 보여, 엉덩이를 발길로 차서 물에 집어넣기도 했습니다. 밧줄로 당기지 않을 때에는 강바닥을 장대로 짚어 밀기도 합니다. 이런 식으로 기껏해야 하루에 3~5리유를 갑니다.

날씨가 좋아요. 태양이 쨍쨍 내리쬐기 시작해요. 나일 강은 기름이 흐르는 강처럼 잔잔해요. 왼쪽에는 저녁이면 보랏빛과 짙은 푸른빛을 내는 아라비아 산맥이 있지요. 오른편에는 평야, 그리고 사막입니다. 나일 강변은 바닷가와 비슷합니다. 대양의 모래사장 위에 있는 듯한 느낌이 들어요. 가끔 거의 몽생미셸 바닷가만큼이나 넓은 모래사장이 나오기도 합니다. 절대적 적막 그 자체입니다. 오로지 물 흐르는 소리만 들립니다. 이따금 멀리

서 낙타 떼가 지나갑니다. 물가로 목을 축이러 오는 새들도 있고요. 듬성듬성 야자수가 몰려 있는 데가 나오고 거기에 갈대와 흙으로 만든 집들의 마을이 하나씩 있습니다. 배에서 내려서 다가가면 우리의 총을 보고 겁에 질린 아이들이 꽁지가 빠지게 내뺍니다. 여자들은 얼굴을 베일로 가리고 고개를 돌리지요.

사랑하는 늙은 어머니, 우리는 아주 잘 지내고 있습니다. 아! 얼마나 어머니가 보고 싶은지 몰라요! 이런 것을 보시면 얼마나 좋아하실까? 모르실 테지요. 사방이 얼마나 고요하고, 얼마나 깊은 평온 속에서 마음이 떠도는 것을 우리가 느끼고 있는지! 우리는 게으름을 피우고 발길 가는 대로 떠돌고 몽상에 빠져들죠. 아침에는 그리스어 공부를 하며 호메로스의 작품을 읽고 저녁에는 글을 써요. 낮에는 주로 총을 메고 사냥을 하러 가지요.

어머니께_1850년 3월

파르스후트 산과 레세 사이에서

나태와 몽상의 생활을 계속하고 있어요. 하루 종일 양탄자에 웅
크리고 앉아서 레모네이드를 홀짝거리고 강변을 바라보며 '치
부크'터키식 긴 담뱃대와 '나르길레'물담뱃대를 피워요(강변이라기보
다 해변이죠. 여기는 바다 같으니까요). 대륙의 해안가를 따라 장
거리 항해를 하는 기분이 들어요. 어떤 때에는 끝간 데 없는 거
대한 호수 안에 있는 것 같기도 해요. 왼쪽에는 아라비아 산맥이
줄곧 우리 곁을 떠나지 않지요. 깎아지른 절벽이 보이다가 작은
언덕들이 울퉁불퉁 솟아난 곳을 지나곤 하는데, 산맥과 나란하
게 언덕 위에 커다란 모래가 쌓인 모습이 마치 하이에나 등줄기
에 난 회색빛 줄무늬처럼 보입니다.

　말이 나온 김에 사나운 야생동물을 이야기하자면, 오늘 우리
는 처음으로 악어를 몇 마리 보았답니다. 막심이 몇 마리를 잡아
올렸지만 하나도 죽이지는 않았어요. 덩치는 크지만 조그만 소
리만 나도 도망칠 정도로 엄청난 겁쟁이라 붙잡기가 무척 어려
웠지요.

　가끔 카이로Cairo 쪽으로 내려가는 돛단배를 만나기도 합니

다. 양쪽 배의 통역관들이 서로 이름을 부르곤 하지요. 우리는 갑판에 올라가 아무 말 없이 상대방이 지나가는 모습을 바라보기만 합니다. 삼색기프랑스 국기를 건 배와 마주치면 총성을 네 번 울리며 인사를 나누고 큰 소리로 정치에 대한 소식을 주고받다가 가끔은 배를 세워 상대방 배를 구경하러 가기도 합니다. 그렇게 해서 며칠 전 베니수에프Beni Suef에서 어느 배에 올랐을 때, 도피네 출신의 M. 로베르와 그와 동행한 폴란드 사람을 만났는데 폴란드식 이름이라 이름이 무엇인지는 기억이 나지 않는군요. 그런데 그 사람이 내 이름을 듣더니 이렇게 말하는 거예요. "아! 선생, 내가 잘 아는 분의 이름과 같은 이름이네요(나는 귀를 쫑긋 세웠지요). 당신과 같은 이름을 가진 유명한 의사 한 분을 알고 있거든요." 그 의사가 내 아버지라고 하자 그 사람은 내게 예의를 갖추고 칭찬을 늘어놓았어요. 이 폴란드 사람은 뇌샤텔에 사는데 루앙에 사는 몇몇 가문의 안부도 물었어요. 오로로프스키도 알고 있더군요. 이 폴란드 사람은 아주 멋진 까만 눈에 갈색 머리카락에 중간 키의 남자였어요. 우리보다 며칠 전에 이 남자를 만났던 아시우트의 의사에게 이 사람에 대해 물어보았더니 이 폴란드 사람도 아마 의사일 거라고 했어요. 이런 의외의 만남이 묘하게 즐거웠는데 그것이 어떤 느낌인지는 내가 글로 표현하지 못해도 어머니는 잘 이해하시겠지요.

건강상태로 말하자면 우리는 지금 최고예요. 이상하게 들리겠지만 막심을 포함해서 우리 모두 살이 피둥피둥 쪘어요. 조제프의 말대로 하면 우리는 배가 터져 죽을 거예요. 그가 '달콤하다'고 하는 요리는 설탕 덩어리고, '간단한 새참'이라고 하는 것은 고깃국이에요. 그리고 이번 여름 훨씬 혹독한 조건이 될 시리아에서는 아마 우리는 모두 쪄 죽을 것 같아요.

어머니께 _ 1850년 3월 12일
아스완

우리의 나일 강 여행의 첫번째 항구인 아스완^{Aswan}에 도착했어요. 여행의 종착지까지는 앞으로 65리유 정도를 가야 해요. 순풍을 받으면 열흘 정도 걸릴 거예요. 우리는 천천히 내려가면서 여기저기 정박하기도 할 겁니다. 볼거리가 너무 많아서 몇 주만으로는 턱도 없고 몇 년이 걸릴 겁니다. 우리는 코앞으로 지나가는 모든 것을 바라보며 오랫동안 명상에 잠기고, 피곤하지 않을 정도로 느릿느릿 여행하면서 오래 자고 많이 먹고 피부를 태우는 따가운 햇살에도 불구하고 신선하고 매력적인 피부색을 유지하고 있지요.

누비아^{Nubia} 지역으로 들어왔어요. 자연환경이 확연히 달라졌어요. 경치가 흑인 특유의 난폭함을 띠고 있지요. 나일 강변을 따라 서 있는 바위들이 이제 촘촘해졌어요. 야자수는 적어도 50피트는 넘고 햇살이 쏟아지는 모래산은 금가루처럼 보입니다. 가끔 엘레판티네 섬^{Elephantine Island}으로 산책을 나가기도 합니다. 발가벗은 아이들이 야자수 아래에서 우리를 따라다닙니다. 오두막집 문턱에서 볶은 커피 색깔의 여인네들이 작은 가죽 속옷만 걸친 채로 까만색 도자기 같은 큰 눈을 휘둥그레 뜨고 우리가 지나가는 모습을 바라보았습니다. 산 위로 해가 저물었어요. 대추야자수가 둘러싼 초원이 눈앞에 펼쳐지고 저 멀리 울퉁불퉁한 화강암 바위 사이를 흐르는 나일 강이 햇살에 반짝거립니다. 이곳 사람들은 강을 건너가는 방식이 이렇더군요. 우선 윗도리를 벗어 머리에 터번처럼 두른 다음 각 단의 끝을 뾰족하게 만든 두 단의 갈대를 연결하여 거기에 올라탑니다. 그리고 오른쪽, 왼쪽으로 번갈아 가며 노를 저어 앞으로 나아갑니다. 이상한 배에 다리를 앞으로 뻗고 앉아 강 한복판을 느긋하게 헤치고 가는 이 까만 삼두형 배를 볼 수 있지요.

오늘 아침에는 사람들이 아직 살아 있는 커다란 황새를 잡아 왔어요. 한 시간 동안 잡아 두었다가 풀어 줬지요. 다리는 붉고 몸은 온통 하얀색이었지요.

어느 날엔가 에스나Esna를 떠나려는 순간 베두인족이 그날 아침에 잡아 죽인 영양을 우리에게 4피아스타(프랑스 돈으로 치면 20수입니다)에 팔더군요. 이틀 동안 우리는 그것을 먹고 살았습니다. 아주 맛있었어요. 대가리는 우리가 간직하고, 조제프가 껍질을 벗겨 내게 양탄자로 쓰라고 주었습니다. 산 채로 잡아오는 건 힘들었을 거예요. 꼬마 플로베르의 조카딸를 위해 크루아세에 가져오고 싶었지만 오래전부터 생각만 했지 막상 우송하는 데에 따른 불편함 때문에 실현할 수 없을 거예요. 악어 같은 것은 매일 볼 수 있어요. 이 악당은 명줄이 아주 질겨요. 자고 있을 때에 잡아야 할 텐데 이놈들은 항상 깨어 있는 것 같아요. 미라는 아직 찾아보지 않았어요. 나머지 것들은 머지않아 강을 따라 내려가면서 본격적으로 공부해 볼 생각입니다. 막심은 곧 그 광적인 사진촬영을 다시 시작할 거예요. 그동안 나는 아직 아무런 답장도 하지 않은 그 한심한 부이에게 편지를 쓸 생각입니다.

에스나에서 저녁에 무희들의 춤을 보았습니다. 점잖은 자리였지요. 이 말밖에는 할 말이 없어요! 왜냐하면 아주 에둘러 말하는 묘사가 필요할 것 같기 때문이죠. 이 여자들 중 하나는 노란 헤나 염료로 몸통을 얼룩덜룩 (장식 삼아) 염색하고 주둥이에 벨벳으로 만든 부리망을 씌운 양을 한 마리 끌고 다녔어요. 양은 강아지처럼 여자를 따라다니더군요. 이 여인네들의 무용으로 말할 것 같으면 이 세상에서 볼 수 있는 가장 경이로운 것 중 하나였습니다. 이것 하나만으로도 (그럭저럭) 여행할 만한 가치가 있죠.

루이 부이에에게 _ 1850년 3월 13일
아스완에서 12리유 떨어진 곳의 돛단배 뱃전에서

예닐곱 시간 후에는 우리는 늙은 개 같은 북회귀선을 지날 거야.
지금은 그늘에서도 30도가 넘는 더위야. 우리는 셔츠 바람에 맨
발로 지내지. 손뼉을 치며 노래하는 뱃사람들의 '타르부카' 북소
리를 들으며 긴 의자에 누워 자네에게 편지를 쓰고 있다네. 갑판
에 친 텐트 위로 햇살이 수직으로 꽂히고 있다네. 나일 강은 강
철로 된 강처럼 납작하고, 강변에는 커다란 야자수가 솟아 있지.
하늘은 아주 새파랗다네. 아, 한심한 친구야. 내 오랜 친구야!

　자네는 루앙에서 무엇을 하는가? 자네 편지를 받지 못한 지
오래되었네. 정확히 말하자면 내가 곧바로 답장을 보냈던 12월
말일 자 편지 딱 하나만 받은 셈이네. 카이로에 도착하면 다른
편지가 와 있을지도 모르고 아직 내 손에 들어오지 않았지만 오
고 있는 중인 편지가 있을지도 모르지. 어머니도 자네를 자주 보
지 못했다고 쓰셨더군. 무슨 일인가? 조금 귀찮을지라도 나를
위해서 집에 들러 주게나. 그리고 이런저런 사소한 일이라도 좋
으니 우리 집에 무슨 일이 있는지 내게 전해 주었으면 좋겠네.
파리에 갔었나? 고티에의 집에 갔었나? 그리고 프라디에는? 만

난 적 있나? 중국풍 콩트를 위해 영국에 가겠다는 계획은 어떻게 되었나? 나는 자주 자네의 시구「멜라이니스」Melaenis를 읽고 있네, 이 친구야. '방랑'이란 단어와 관련해서 당장 내가 자네에게 사과를 해야 할 필요를 느끼네..

　떠돌이 나일 강이 강변 위로 흐르네. ―「멜라이니스」3절

　이 단어만큼 적절하고 적확하고 폭넓게 지칭하는 단어는 없다는 것이야. 다른 무엇보다도 커다란 바다를 닮은 멋지고 우스꽝스런 강이거든. 바닷가처럼 바람결이 무늬를 낸 모래밭이 까마득하게 펼쳐져 있다네. 이게 너무 커서 어느 쪽에서 바람이 부는지도 모르겠고 종종 커다란 호수에 갇혀 있는 느낌이 든다네. 아! 그런데 말일세! 자네가 이보다 좀더 그럴 듯한 편지를 기대한다면 착각이네. 내 지력이 현저하게 떨어졌다는 점을 자네에게 진심으로 전하는 바이네.

　공부에 대한 말을 하자면 요새 난 매일 『오디세이아』Odysseia를 그리스어로 읽고 있지. 나일 강에 온 뒤부터 네 장을 해치웠네. 가는 길에 그리스로 돌아갈 테니 쓸모가 있을 거네. 처음에는 조금 쓰기도 했지만 다행스럽게도 나는 나의 무기력증을 금세 인정하게 되었네. 그냥 눈으로만 사는 게 낫지. 자네가 짐작하듯 우리는 종일 긴 의자에 누워 낙타, 세나르Sennar의 소떼부

터 시작해서 흑인 여자와 상아를 싣고 카이로 쪽으로 내려가는 배에 이르기까지 주변에서, 벌어지는 모든 것을 멍하니 바라보며 하루 종일 빈둥거리며 시간을 보낸다네. 이 친구야, 우리는 지금 여자들이 발가벗고 다니는 나라에 와 있네. 옷이라곤 손가락에 반지만 끼었으니 시인처럼 말한다면 '손처럼' 발가벗었다고 할 수 있겠지. 엉덩이까지 내려오는 금화 목걸이를 걸고 검은 배에 울긋불긋한 진주 허리띠를 한 누비아 여자들도 보았지. 그리고 그들이 춤추는 것도 보았는데, 우선 보았던 순서대로 말하겠네.

카이로에서 베니수에프까지는 별다른 것이 없었네. '캄신', 혹은 살인적인 '사문'캄신Khamsin, 사문Samun은 아랍어로 50을 뜻함. 모래바람이 불면 50일 정도 지속된다는 뜻에서 바람에 붙인 명칭에 발목을 잡혀 25리유를 가는 데에 열흘이 걸렸지. 이놈의 바람에 대한 소문이 전혀 허풍이 아니더군. 모래폭풍을 만난 거야. 그저 꼼짝없이 숨어서 조용히 견디는 수밖에 없었지. 꼭 막아 둔 양철통 속까지 먼지가 들어가는 바람에 식량에만 피해가 컸다네. 그런 날이면 태양이 납 쟁반 같았어. 하늘은 창백했고 배는 강 위에서 팽이처럼 제자리를 뱅뱅 돌기만 했다네. 새 한 마리, 파리 한 마리 보이지 않았지. 베니수에프에 도착한 뒤 닷새 동안 모에리스 호수Lake Moeris까지 도보로 갔다네. 그런데 끝까지 갈 수 없었던 터라 나중에 카이로에 돌아가면 다시 가 볼 생각이네. 지금까지 구경한 것이 별로 없다네. 바람이 불면 그 틈을 타서 가급적 멀리 가려고 했기 때문이야. 돌아오는 길에 여러 군데에 들릴 생각이네. 홍해 해변의 알-쿠사이르Al-Qusair, 테베Thebes의 큰 오아시스도 가 볼 예정이니까 5월 말 이전에는 카이로에 돌아오지 못할 게 확실하고 따라서 시리아Syria에는 6월에 가게 되네.

파이윰Faiyûm에서 우리는 우리에게 호의를 베푼 다마스의 기독교도의 집에서 묵었다네. 종교적 우애감에 의해 얼마나 많은 술을 홀짝거리며 마셨는지 모르네. 주인장은 조금 교양이 있는 양반이었고 마침 앙투안 성자의 나라에 온 터라 우리는 그와 아리우스, 성 아타나즈 등등에 대해 이야기를 나눴지. 마음 좋은 주인장이 무척 좋아하더군. 우리가 잤던 방의 벽에 무엇이 걸려 있는지 상상할 수 있겠나? 키유뵈프 풍경의 판화, 그리고 그라빌 수도원 풍경의 판화라네! 꿈인지 생시인지. 판화의 주인은 이 두 판화가 무엇을 그린 것인지 모르고 있더군.

이렇듯 육상 여행을 하면 말린 진흙으로 만든 집에 누워 사탕 수수로 엮은 지붕 사이로 별을 보며 자게 된다네. 우리가 도착하면 하룻밤을 기숙하는 족장집 주인이 양을 한 마리 잡는다네. 그리고 동네 유지들이 찾아와 하나하나 손에 입맞춤을 하지. 그러면 대족장처럼 거만하게 입을 맞추도록 손을 내밀고 식탁에 둘러앉는데, 그게 어떤고 하면, 공동 요리를 둘러싸고 바닥에 앉아 음식에 손을 파묻고, 찢고, 씹고, 앞다투어 트림을 하는 거라네.

식사 후에 트림을 하는 것이 이 나라의 예의라네. 나도 어렵사리 예의를 지켰지.

자발 알 타이르Jabal al-Tair란 지방에서 꽤 괜찮은 구경을 했다네. 나일 강을 내려다보는 산꼭대기에 콥트교에티오피아에 있는 기독교의 한 파 수도원이 있었어. 수도원 사람들은 여행자들이 탄 돛단배를 발견하면 산에서 내려와 강물로 뛰어들어 뱃전까지 헤엄쳐 와서 동냥을 하는 관습이 있지. 우리는 그들에게 완전히 포위되었다네. 발가벗은 이 건달들이 깎아지른 절벽을 타고 내려와 튼튼한 장딴지로 뱃전까지 헤엄쳐 와서 온 힘을 다해 "밧치스, 밧치스, 카와자 치스티아니!"(한 푼 주십시오. 기독교도 어르신)이라고 소리를 치지. 그러면 이 지역에는 동굴이 무척 많기 때문에 '카와자, 카와자……'라는 소리가 포성처럼 반복해서 메아리치지. 독수리와 수리새가 머리 위에서 날아다니고 2개의 돛을 활짝 펼친 배는 물 위로 미끌어져 가고 있었지. 그때 뱃사람 중 하나(괴상하게 생긴 친구였지)가 홀라당 벗고 음란한 몸짓으로 춤을 추었어. 그러더니 뱃전에 악착같이 매달린 기독교 수도사를 쫓아 버리려고 엉덩이를 까서 내민 거야. 다른 뱃사람들은 연신 알라와 마호메트의 이름을 부르며 그들에게 욕설을 퍼붓더군. 어떤 이는 몽둥이로 때리고 어떤 이는 밧줄로 후려치기도 했지. 조제프는 요리용 집게로 때렸지. 뺨 때리는 소리, 고함과 웃음이 뒤섞인 합주곡 같았어. 돈을 몇 푼 던져 주자 그들은 돈을 입에 물고 왔던 길로 거슬러 자기네로 돌아가더군. 그들을 흠씬 때리지 않았더라면 수많은 사람에게 둘러싸여 자칫 배가 침몰할 위험도 있었을 거야.

이제는 사람이 아니라 새들이 찾아오고 있다네. 쉐이크 사이드Sheikh Said에는 새들이 사람들에게서 얻어 온 먹이를 쌓아 두려고 찾아오는 '상통'(이슬람 성자를 위한 묘지이며 동시에 예배소)이 있다네. 이 먹이는 이곳을 지나가는 가난한 여행자들에게 끼니로 쓰이지. 볼테르를 읽은 우리 같은 사람들로서는 도무지 믿을 수 없는 일이야. 하지만 여기는 너무도 낙후된 나라인지라! 베랑제19세기 초 프랑스의 시인, 상송 작사가의 노래도 거의 부르지 않는 곳이고!(아이고, 이런 나라를 슬슬 조금씩 개화시켜야 하지 않을까! 철도 건설의 열기가 느껴지지 않습니까? 초등교육이 어느 정도 수준인가요? 등등) 이 묘역 앞을 지날 때면 모든 새들이 배에 모여들기도 하고, 밧줄 위에 앉기도 하고……. 빵을 부스러뜨려 던져 주면 하늘을 맴돌다가 던져 준 것을 물 위에서 먹고 다시 날아가지.

우리는 키나Qina에서 자네의 동조를 얻기를 희망하는 어떤 점잖은 짓을 했다네. 육지에 내려서 장을 보려고 시장에서 코를 벌름거리며 주변에 흐르는 백단향을 맡으며 느긋하게 걷다가 모퉁이를 돌자, 저런! 거기가 바로 유곽이더라구. 대여섯 개의 구불구불한 길가에 4피트 가량의 회색빛 마른 진흙 움막들을 상상해 보게나. 문 앞에 여자들이 서 있거나 아니면 돗자리에 앉아 있는 거야. 깜둥이 여자들은 하늘빛 파란색, 혹은 노란색, 흰색, 붉은색의 풍성한 옷을 입었고 뜨거운 바람에 옷이 흔들리고 있었어. 거기에 양념 냄새까지 곁들여졌지. 드러난 목에 긴 금화 목걸이를 하고 있었는데 여자들이 움직일 때마다 수레 굴러가는 소리가 났어. 그들이 다가와 나른한 목소리로 "손님, 손님" 하며 부르더라구. 까맣고 붉은 입술 아래에서 하얀 이가 반짝거렸어. 주석 같은 눈동자가 바퀴처럼 굴러갔어. 나는 그들에게 '바치스'를 주면서 호객 행위를 즐기며 이리저리 산책을 했지. 그들은 내 몸을 팔로 휘감고 집으로 끌고 가려고 했지……. 햇살 가득한 그 안에는 음식이 차려져 있었고. 그런데 말이야! 나는 이 풍경의 멜랑콜리를 간직하기 위해 그것이 내 마음 가장 깊은 곳에 남아 있도록 하기 위해 일부러 버티었어. 그래서 커다란 환희를 품고 그곳을 뜰 수 있었지. 우리를 부르는 이런 여인들보다 아름다운 것은 없다네. 만약 내가 무너졌다면 여기에 다른 이미지가 겹쳤을 테고 그러면 그 찬란함도 감소되었을 거야.

내가 항상 그토록 금욕적인 '예술가주의'를 간직하고 사는 것은 아닐세. 에스나에서 대단히 유명한 사교계 여자인 쿠슈쿠-하넴의 집에 갔었지. 그녀 집에 도착하자(오후 2시 무렵이었지) 그녀가 기다리고 있더군. 그녀의 친구 하나가 그녀를 강아지처럼 따라다니는 양을 데리고 아침에 돛단배를 타고 미리 와 있었지. 양은 노란색의 헤나로 얼룩덜룩하게 염색을 하고 주둥이에는 까만 융단으로 만든 부리망을 하고 있었지. 아주 웃겼어. 그녀가 수영장에서 나오더군. 흐트러진 술 장식이 그녀의 넓은 어깨 위로 떨어지고 꼭지에 초록색과 금색 판을 댄 커다란 '타르부시'터키 모자를 머리 위에 썼고 이마의 머리카락은 가는 가닥으로 땋아 목 뒤로 묶었더군. 커다란 장밋빛 바지로 숨긴 아랫도리, 보라색 망사로 덮었지만 다 드러나는 윗몸으로 해를 등지고 그녀를 감싼 파란 하늘 한가운데에서 그녀는 계단 위에 우뚝 서 있었지. 갈라진 콧구멍과 비정상적으로 큰 눈과 근사한 무릎에다가 엄청난 가슴과 살집이 좋은 장대한 여자였는데, 춤을 출 때면 뱃살에 넉살 좋은 주름이 잡히더라구. 그녀는 우선 향기로운 장미수로 우리 손을 적셔 주었지. 그녀 목에서는 들척지근한 테레빈유 냄새가 났어. 그 위에는 금목걸이를 세 겹 걸었더군. 악사를 부르고 춤을 추었지.

그녀의 춤은 예전에 자네에게 말했던 그 유명한 핫산의 춤에 비한다면 훨씬 처지더군. 하지만 어떤 면에서는 아주 보기 좋았고, 달리 보면 당당한 스타일이었네. 일반적으로 예쁜 여자가 춤은 못 추더군. 하지만 아스완에서 보았던 누비아 여자만은 제외해야겠네. 그런데 이것은 더 이상 아랍 춤이 아니었고 훨씬 과감하고 열정적이었어. 몸매의 선과 검둥이가 느껴졌어.

저녁에 다시 쿠슈쿠-하넴의 집에 갔었다네. 무희와 가수, 그리고 '알메'^{이집트의 전통 무희}가 모두 4명이 있었어('알메'라는 단어는 원래 학식이 많은 여자를 뜻한다고 하네, 이런 빌어먹을. 창녀라고 하면 될 것을. 모든 나라에서 학식 있는 여자란!).

중간에 키스로 뒤엉켰던 연회는 6시부터 10시 반까지 이어졌다네. 바닥에 앉은 두 명의 삼현궁 악사는 끊임없이 악기가 악을 쓰게 연주를 해댔지. 쿠슈쿠가 춤을 추려고 옷을 벗자 아무것도 보이지 않게 하려고 머리에 쓴 터번을 내려 그녀의 눈을 가렸지. 이런 수줍은 몸짓이 우리에게 놀라운 효과를 자아내더군. 춤에 대한 상세한 묘사는 생략하겠네. 해봤자 헛수고일 테니까. 자네를 이해시키려면 몸짓으로 보여 줘야 하는데, 이것마저도 나는 자신이 없다네!

떠나야만 될 시간이 되어도 나는 일어서지 않았다네. 집 안에 이방인이 있다는 것을 알아챈 도둑이 들까 두려운 나머지 쿠슈쿠도 밤새 우리가 집 안에 있는 것을 전혀 개의치 않았지. 막심은 혼자 소파에 남았고 나는 1층으로 내려와 쿠슈쿠의 방으로 갔지. 벽에 달린 고대풍의 등잔에 달린 심지 하나가 불을 밝히고 있더군. 옆방에서 경비원들이 양쪽 팔에 흑사병 흔적이 있는 아비시니아 출신의 흑인 하녀와 낮은 소리로 이야기를 하고 있었어. 쿠슈쿠의 강아지가 비단 옷 위에서 자고 있더군. 그녀의 몸은 땀에 흠뻑 젖었어. 춤을 추느라 피곤했고 춥다고 하더라구. 내 모피코트로 덮어 줬더니 잠들더군. 나는 한숨도 자지 않았어.

무한히 이어지는 강렬한 몽상에 잠겨 밤을 꼬박 새웠지. 이것을 위해 나는 남아 있었던 거야. 팔을 괴고 코를 고는 이 아름다운 피조물이 자는 모습을 바라보며 파리에서 보냈던 환락의 밤들, 그 많은 옛 추억들…… 그리고 이 여자, 그녀의 춤, 내게는 아무 의미도 없고 구분도 할 수 없는 말로 노래하던 그녀의 목소리를 생각했지. 밤새 내내 이렇게 지냈어. 새벽 3시에 일어나 거리로 나갔지. 별이 빛나고 있었어. 하늘은 맑고 아주 높았지. 그녀가 잠이 깨어 석탄 난로를 가져왔고 한 시간 동안 불가에 웅크리고 몸을 덥히더니 다시 돌아가 누워 잠들더군.

아침 7시에 우리는 그곳을 나왔다네. 나는 뱃사람 하나를 데리고 사냥을 하러 야자수와 가시스나무^{가지가 작은 야자수의 일종} 아래로 펼쳐진 목화밭으로 갔지. 전원은 아름다웠어. 아랍인들과 당나귀와 소들이 밭으로 가고 있었지. 가느다란 가시스 나뭇가지 사이로 바람이 살랑살랑 불었어. 그것이 마치 등나무를 스치는 바람 소리 같더라. 산은 붉은색이었어. 해가 솟자 뱃사람이 앞서가며 관목 숲을 지나려고 몸을 숙이다가 나뭇가지에 앉은 비둘기를 보고 아무 말하지 않고 손짓하더군. 한 마리만 죽였어. 그리곤 다시 보이지 않더라. 발을 앞으로 밀어내며 계속 걷다 보니 이와 비슷했던 아침나절이 생각나더군……. 그 중 하나는 에롱의 포므뢰 후작 댁에서 댄스파티를 한 다음 날 아침이 생각났어. 한숨도 자지 못한 채 중학생 교복 차림으로 아침에 홀로 연못에서 배를 타고 둘러보았지. 백조들이 내가 지나가는 모습을 바라보았고 관목의 나뭇잎들이 물 위로 떨어졌지. 개학하기 직전이었어. 내가 15살 때였지.

내가 본 자연 풍경 중에 좋았던 것은 테베 근처였어. 키나부터 이집트는 평화로운 농촌 풍경이 사라지고 산은 웅장하고 나무는 커지지. 어느 날 저녁 우리는 단다라Dandarah 근처 '둠'(테베의 야자수를 이렇게 부르지) 아래에서 산책을 했어. 산들은 포도주 색깔이고 나일 강은 푸르렀으며, 하늘은 진한 바다색이며 숲은 연둣빛이네. 모든 게 꼼짝도 하지 않았어. 우리를 위해 일부러 그려 놓은 커다란 극장 무대의 배경, 경치 같더라. 몇몇 마음씨 좋은 터키인들이 터번을 쓰고 나무 아래에서 긴 담뱃대로 담배를 피우고 있었지. 우리는 나무 사이로 계속 걸었어.

우리는 이미 악어들은 무수히 보았지. 그놈들은 표류하다 걸린 나무 둥치처럼 돌섬 구석에 처박혀 있더라. 가까이 접근하면 뚱뚱한 회색 지렁이처럼 슬그머니 물속으로 가라앉지. 또한 강변에 열병식 하듯 긴 줄을 이루고 서 있는 황새와 두루미도 굉장히 많아. 돛단배를 보면 날개를 퍼덕거리며 하늘로 솟아오르지.

여기는 이제 누비아인데 분위기가 확 바뀌었네. 동물은 거의 없어. 한결 텅 비어 있는 풍경으로 변했어. 나일 강도 바위 사이에 끼어서 몸집이 줄어들었어. 그토록 넓었던 강이 이제는 여기저기 바위산 사이에서 폭이 좁아 들어. 꿈틀거리지 않고 햇빛에 반짝거리며 납작해진 모양이야.

그게게 우리는 여러 폭포를 통과했어. 아니, 정확히 말하자면 첫번째 폭포에 있는 여러 폭포라고 해야겠지. 여기는 폭포가 널려 있으니까 말이야. 벌거벗은 흑인들이 야자수 둥치를 타고 두 팔로 저어 가며 강을 건너더군. 그러더니 마치 물레방아 물길에 던진 검은 깃털만큼이나 빠르게 소용돌이치는 물거품 속으로 금세 사라지더라. 그리고 그들이 엎드려 타고 있는 나무 둥치가 말처럼 펄쩍펄쩍 뛰는 거야. 그리고 다시 눈앞에 나타나더니 우리 쪽에 도착해서 배에 올라타는 거야. 분수대에 있는 청동 동상처럼 그들의 매끈한 몸에서 물이 줄줄 흘러내리더라.

사람들이 폭포를 어떻게 건너가는지를 묘사하려면 너무 길어질 거야. 자칫 조정을 잘못했다가는 배는 바위에 부딪쳐 두 동강이 날 거란 것만 알아 두시게. 우리 배를 밧줄로 끌어 주는 사람들이 대략 150명가량 되네. 이들이 입을 모아 고함을 치며 긴 밧줄을 잡아당기는 거지.

지금 우리는 바람이 없는 탓에 정박 중이네. 모기떼에 얼굴을 물렸지. 젊은 친구 뒤캉은 인화를 하러 갔어. 사진을 제법 잘 찍더군. 우리는 곧 꽤 괜찮은 사진첩을 가질 수 있을 거 같네. 자네에게 약속은 했지만 아직껏 나일 강의 조약돌을 수집하지 않았네. 나일 강에는 돌이 별로 없기 때문이야. 하지만 모래를 담아 두었어. 어렵긴 하겠지만 미라 몇 구를 수출(무역 용어라네)하려는 희망을 거두지 않을 것일세.

무엇이라도 좋으니까 아무것이나 그저 많이 내게 소포로 보내 주고 아주 긴 편지도 써 주게나. 내년 이맘때쯤에는 나는 그곳에 돌아가 있을 거야. 우리 모두 크루아세에서 즐거운 일요일을 보낼 수 있을 걸세. 이제 얼마 후면 떠난 지 5개월이 되네. 아! 자주 자네 생각을 하고 있네, 이 친구야. 안녕, 자네가 쓴 노트와 더불어 자네를 두 팔로 포옹하네.

추신 —— 우리의 얼굴 상태가 알고 싶을 테지. 우리는 손때 묻은 담뱃대 색깔이라네. 살이 찌고 수염도 자랐다네. 사세티는 이집트 여자 차림을 했지. 어느 날 막심은 2시간 동안 내게 베랑제의 노래를 불러 주었고 우리는 이 웃기는 가수를 저주하며 자정까지 놀았다네. 아! 「비렁뱅이의 노래」는 사회주의자들 입맛에 맞는 노래가 아니라서 도무지 마음에 들지 않을 것일세!

어머니께_1850년 3월 24일
종려주일에, 아부 심벨 신전 앞에서

어머니께 이 편지가 도착한다면 아마 다른 편지들보다 반가울 겁니다. 왜냐하면 지난번 편지들은 어머니에게 그런 느낌을 주지 못했을 수도 있기 때문이죠. 이 편지는 와디할파^{Wādī ḥalfā}에서 보내는 것인데, 우리 여행지 중에서 가장 먼 지점에서 보내는 겁니다. 이리저리 다소간 돌아다녀도 이제부터 어머니와 저 사이의 거리는 미세할지라도 가까워질 수밖에 없을 겁니다. 우리 사이의 거리가 1만 4천 리유란 것을 아시나요? 어머니에게 이것이 얼마나 멀고 또 이집트의 지도가 얼마나 길게 느껴질까요! 그렇지요? 나는 꽤나 긴 숙고를 통해서야 우리 사이에 놓여 있는 거리를 계산할 수 있었답니다. 어머니가 항상 곁에 있고 우리가 멀리 떨어져 있지 않아서 내가 원하기만 한다면 어머니를 보러 가는 데에 그리 긴 시간이 걸리지 않을 것 같아요. 어머니 소식을 듣지 못한 지 거의 2달, 그러니까 7주가 되었네요. 어머니 편지를 받아 보길 기대하는 첫번째 폭포지대로 되돌아가려면 아직도 보름은 걸립니다. 그리고 그것만도 행운일 테지요! 보세요, 어머니. 집에 남아 있는 사람들만 불안한 게 아니죠. 가끔 몸에 쥐가 나듯 어머니를 보고 싶은 애정욕구를 느끼기도 합니다. 그런데 여행, 그 순간의 여흥으로 이런 느낌을 이겨 내지요. 하지만 저녁에 자기 전에 어머니에 대한 좋은 생각을 떠올리고 아침에 잠에서 깨어 맨 먼저 머리에 떠오르는 대상도 어머니입니다. 물론 어머니가 내 생각만 하는 것은 아닐 테지요. 턱을 괴고 쓸쓸한 표정을 지으며 생각에 잠겨 있는 어머니 모습이 눈에 선합니다. 어머니, 생각해 보세요. 5는 15의 삼분의 일입니다. 돌아오는 2월이면 저를 볼 수 있을 겁니다. 그러니 아직도 여름과 겨울을 보내야 하지요.

역풍, 아니 아예 완전한 무풍이 아니었다면 우리는 이미 아스완(첫번째 폭포지대)에 가 있었을 겁니다. 그런데 60리유를 가는 데에 보름이 걸렸어요. 반 리유밖에 가지 못한 날들도 있었어요. 오늘 아침에는 바람이 다시 불어서 조금씩 갈 수 있을 테니 와디할파에 늦지 않게 도착할 수 있기를 바라고 있죠. 거기에서 느릿느릿 내려가면서 기분 내키는 대로 구경을 할 예정입니다. 카이로를 떠난 후로 사실 우리는 배에서 내려 본 적이 없었어요. 이제부터 정박을 하고 폐허가 된 오래된 마을들을 찬찬히 구경할 거예요. 뜨거운 열기가 살을 때리기 시작합니다. 어제 저녁 8시에는 34도였고 하루 종일 구름이 태양을 가리고 있었죠. 그저께는 해가 나와서 55도에 이르렀어요. 그래서 우리가 좋아하는 맨발로 걷는 것을 포기할 수밖에 없었죠. 두꺼운 신을 신어도 미지근한 벽난로 쇠판 위로 걷는 것처럼 열기가 강하게 느껴졌지요. 한마디로 말해서 누비아의 햇살 아래에서는 거대한 화덕 속에 있는 것이나 다름없어요. 그런데 이상한 것은 그렇다고 해서 전혀 불편하지 않다는 거예요. 이런 기후에서는 더위가 추위보다 훨씬 견디기 나아요. 아무리 설핏한 한기라도 (상대적으로) 대단히 불편해요. 지금 나는 긴 바지나 양복을 입지 않고 옷이라곤 팬티와 커다란 하얀 셔츠만 입고 살아요.

아무런 장애 없이 폭포를 지났습니다. 게다가 지나치게 조심하는 바람에 우리는 육지로 올라왔답니다. 우리가 본 것 중에서 가장 묘하고 아름다운 것을 만났어요. 지난번 편지에서 나무 등걸을 타고 나일 강을 건너가는 아스완과 엘레판티네 주민들에 대해 이야기한 적이 있죠. 그들은 조금 떨어진 데 있는 폭포에서 알몸으로 야자수 둥치에 올라타지요. 거품이 일어나는 소용돌이에 몸을 던진 그들이 물속으로 사라졌다가 다시 떠오르는 모습을 보는 게 참 재미있었어요. 그들은 짚단처럼 빠르고 난폭하게 바위 사이로 휩쓸려 갔어요. 검은 등판에서 물이 흘러내리고 하얀 이를 드러내며 웃더군요. 이런 모습이 지닌 야만적 우아함에 마음속 깊이 매료당하고 말았지요.

그저께, 흑인 여자를 가득 실은 노예상선 두 척을 방문했지요. 여자 노예들은 대개 다르푸르, 칼라스 제국, 아프리카 내륙에서 납치당해 온 사람들이더군요. 그녀들은 우리네가 수레에

차곡차곡 싣는 짚단처럼 배 안에서 서로 뒤엉켜 있었어요. 걸친 것이라곤 부적과 작은 가죽 팬티뿐이었죠. 우리는 (여자가 아니라) 그들의 속옷(팬티)을 샀어요. 양가죽의 더러운 기름기 때문에 우리 소파에 나쁜 냄새가 배었어요. 제법 근사한 이 풍경을 즐기면서 갑판에 오래 있기 위해 타조 깃털과 아비시니아 출신 어린 여자를 놓고 흥정을 벌였지요. 몇몇 여자들이 돌에서 밀을 갈고 있었는데 그들의 긴 머리가 마치 풀을 뜯고 있는 말의 갈기처럼 바닥까지 흘러내렸어요. 아기들은 젖을 문 채 울고 있었죠. 한쪽에서는 음식도 만들고 있었지요. 어떤 여자들은 호저豪豬이 빨로 친구들의 머리를 빗겨 주기도 합니다. 아주 쓸쓸하고 독특한 풍경이에요. 각 배마다 너무 슬픔에 빠진 나머지 병들거나 의기소침하지 않도록 용기를 북돋아 주기 위해 매번 이 여행을 되풀이해서 오고가는 늙은 흑인 여자 노예들이 타고 있어요. 어머니, 우리가 지금 원숭이와 코끼리의 나라를 한 달이면 갈 수 있는 곳에 있다는 것을 아세요? 하지만 자제해야만 할 테고 돈주머니가 마르지 않는 샘이 아니란 것을 생각해야만 하겠지요.

어머니께_1850년 4월 15일
필레에서

떠났을 때처럼, 말하자면 세상에서 가장 소중한 것의 소식을 전혀 듣지 못했던 2달 전과 같은 건강한 상태로 누비아로 다시 돌아왔어요. 어제 저녁 어둠이 깔릴 무렵 우리는 필레Philae에 도착했어요. 편지 상자를 찾아오리란 희망을 갖고 나는 곧바로 조제프와 함께 나귀를 타고 아스완으로 갔지요. 아무것도 없다니! 어머니가 편지 한 통을 받지 못했고, 다른 편지들도 몽땅 카이로의 영사관에 있다고 상상했거든요. 그래서 편지를 키나로 보내 달라고 요구하는 편지를 영사관에서 바로 써서 보냈던 터였어요. 그러지 않았다면 5월 말 카이로에 돌아왔을 때에나 어머니 편지를 받았을 겁니다. 그랬다면 어머니 소식을 거의 넉 달이나 모르고 지냈을 테지요.

어제 저녁의 하늘은 아주 아름다웠어요. 별들이 반짝거리고 아랍인들이 낙타를 타고 노래를 불렀지요. 무진장 넘쳐 나는 별로 인해 하늘이 가려지는, 진정한 동방의 밤이었지요. 그런데 사랑하는 어머니, 나는 마음이 무겁답니다. 매번 우편낭에 편지 한 통보다는 두 통, 아니 백 통의 편지를 써서 보내 주세요. 한 통만

넣은 행낭은 금세 분실되거든요. 막스함께 여행한 친구 막심 뒤캉의 애칭도 이미 여러 번 잃어버렸대요. 내 편지가 어머니에게 도착한 것을 알 수만 있더라도 불평하지 않겠어요. 그런데 그게 내게는 가장 큰 괴로움입니다. 어머니가 슬퍼하는 모습을 상상만 해도 나는 괴롭답니다. 혹시 어디 편찮으신지요. 당신의 아들이 어디 있는지 알 수 없는 빈 공간에 불과할 지도를 펴 놓고, 내가 그토록 사랑하는 아름다운 눈으로 이리저리 지도를 들여다보며 울고 계신 것은 아닐지. 어머니, 아프시면 안 됩니다. 의지가 강하면 살기 마련이거든요. 머지않아 내가 떠난 지 여섯 달이 되겠군요. 여섯 달이 지나면 내가 돌아올 날도 머지않은 셈입니다. 아마도 돌아오는 1월, 혹은 2월이 될 것입니다.

어제 저녁 편지를 찾으러 어느 관료의 집에 갔더니 막심에게 온 편지들이 있더군요. 편지 한 통 받지 않았던 사세터에게도 편지가 와 있었어요. 어머니의 편지도 없었고, 그리고 어머니 소식을 간간히 전해 주던 아실플로베르의 형, 부이에, 심지어 가끔 이른 아침에 일어나 "네 어머니 잘 지낸다"라고 엉터리 철자법을 사용하던 파랭 노인의 편지조차도 없더군요. 이런 생각마저 들더군요. 이럴 수가 없다고. 도대체 사람들은 이제 더 이상 나를 생각조차 하지 않는 것인가? 보이지 않으면 잊는다는 속담이 맞는 것일까?

우리 여행에 대한 이야기는 다음 편지에 쓰기로 하지요. 지금

바쁩니다. 폭포지대를 내려갈 참인데 짐을 우리가 직접 옮겨야 합니다. 배는 제 갈 길로 갈 테고 우리는 우리 발로 우리 길을 가야 합니다. 그리고 시간이 남아돌아 이렇게 망상에 잠겨 있는 내 꼴에 스스로 화가 납니다. 날씨 탓에 조금 지친 사세티만 빼고 우리 건강은 왕성합니다. 사진 찍는 데에 쏟아붓는 열정에도 불구하고 막심이 어떻게 쓰러지지 않는지 모르겠네요. 게다가 사진도 아주 성공적입니다. 나는 그저 자연을 바라보고 치부크를 피우고 땡볕 아래로 산책만 할 따름이라 살이 붙었어요. 하지만 몰골이 흉하게 변했지요. 코는 빨개졌고 바르베 소위처럼 코 안에서 털이 자라났어요.

안녕, 사랑하는 어머니. 키스에 키스를 더하며.

어머니께_1850년 4월 22일

한여름입니다. 아침 6시 그늘에서도 변함없이 레오뮈르 온도계로 20도입니다. 낮에는 대충 30도가 되지요. 추수는 오래전에 끝났고 그저께 우리는 수박을 먹었습니다. 어머니는 어디에 계신가요? 크루아세? 노장? 아니면 파리에 계신가요? 영국 여행 중인가요? 가급적 긴 편지를 써 주세요. 어머니와 어머니의 생활, 그리고 주변의 모든 일을 이야기해 주세요. 꼬마 카롤린이 올 겨울에 얼마나 커졌을지! 이제 책 읽는 것에 부쩍 익숙해졌는지요?

우리 사는 것이 정말 상팔자입니다. 이제 누비아 여행은 끝났어요. 이집트 여행의 마무리도 가까워졌지요. 우리의 돛단배를 떠날 때면 가슴이 아플 겁니다. 쌍돛단배로 올라왔던 이 큰 강을 지금은 천천히 노를 저어 내려가고 있습니다. 폐허 유적지마다 배를 멈춥니다. 닻을 내리고 하선을 하지요. 어디에나 어깨까지 모래에 파묻힌 몇몇 사원들이 있고 파헤쳐진 해골처럼 그 일부분만 눈에 보입니다. 돌 틈에 둥지를 튼 새들이 싼 똥으로 하얘진 벽에 악어와 따오기 머리를 한 신들이 그려져 있습니다. 우리는 열주들 사이로 산책을 하지요. 우리는 몽상에 잠겨 야자수로 만든 지팡이로 이 먼지 더미를 헤집어 봅니다. 사원의 균열 사이로 짙푸른 하늘이 보였어요. 강둑 밖으로 넘실대며 양쪽 강변에 녹지대를 거느린 나일 강이 사막 사이로 구불구불 흘러갑니다. 이것이 이집트입니다. 자주 주변에서 까만 양떼들이 풀을 뜯고 있고, 원숭이처럼 날래고 고양이 눈과 상아 같은 이빨, 오른쪽 귀에 은 귀걸이를 하고 불에 달군 칼로 양쪽 뺨에 낸 커다란 문신 자국이 남은 벌거벗은 흑인 꼬마들이 보입니다. 지난번에는 누더기로 몸을 덮고 목걸이를 한 불쌍한 아랍 여인네들이 조제프에게 닭을 팔거나 척박한 밭에 거름으로 쓰려고 염소 똥을 주우러 오기도 했지요. 경이로운 것은 빛입니다. 모든 것이 빛이 납니다. 거대한 가면무도회의 휘황찬란한 금박 옷처럼 항상 우리 눈을 부시게 만듭니다. 하얀색, 노란색, 혹은 짙은 파란색의 옷은 모든 화가들을 제압할 정도로 강렬한 원색으로 투명한 대기 속에서 두드러지게 드러납니다. 내 경우에도 이런 오래된 문학을 염원하고 이 모든 것을 손아귀에 넣고자 애씁니다. 무엇인가를 상상하고 싶은데 그것이 무엇인지 모르겠어요. 내가 항아리만큼 멍청해진 것 같아요.

사원에 새겨진 여행자의 이름을 읽었는데 이런 것이 가소롭고 허망된 것처럼 보였어요. 우리는 어디에도 이름을 새겨 넣지 않았지요. 어떤 이름은 돌에 너무 깊이 새겨져서 아마 이름 새기는 데에 사흘은 걸렸을 법한 것도 있었어요. 세상 어디에나 찬란한 바보짓을 하는 인간이 꾸준히 존재하고 있지요. 특히 어디에 가도 눈에 띄는 '비두아'라는 이름이 있었지요. 그저께 콤옴보Kom Ombo에서 막스는 '다르세'라는 한심한 인간의 이름을 발견했어요. 그의 육체가 지구 다른 쪽 한구석에서 썩고 있는 동안 그의 이름은 노천 바람에 갉아 먹히고 있었습니다. 필경 이미 반쯤 닳아 버린 이름이 육체보다도 오래 살아남겠지요. 그는 이집트에 와서 이름을 새기고 파리에서 살다가 미국에서 죽었답니다. 펠라세르라면 멋들어진 철학적 생각이라고 했겠지요!

사원의 조각상 앞에 설 때마다 막스는 한 손을 이마에 대며 조각에게 아랍식 인사를 드리며 안부를 묻지요. 변치 않는 짓이었어요. 사세티는 얼마 전 사냥에 빠진 뒤부터 이제 누구도 말릴 수 없는 지경이에요. 그는 이집트 여자 복장을 하는데 영락없이 떡 벌어진 여장부 꼴이에요. 아주 착하고 우리에게 헌신적인 청년입니다. 유익한 재간을 많이 지니고 있지요. 지금은 구두 수선공 재주를 발휘해서 밀랍을 입힌 가죽끈으로 우리 구두를 수선해 주고 있어요. 우리 옷들도 낡았어요. 행색이 묘해지기 시작합니다. 나는 무슨 수를 써서라도 조제프가 어떤 사람인지 어머니에게 알려 드리고 싶어요. 이 세상에서 만날 수 있는 사람 중에서 가장 희한한 사람이에요. 항상 달콤한 요리와 비프스테이크를 만드는 일에 몰두하고 있어요. 이런 뱃사람과 만나게 된 것이 큰 행운이었죠. 그는 경험도 많고 직관력도 풍부합니다.

같은 배에 페르갈리라고 불리는 늙은 선원이 있는데 그 사람은 나를 작은 선장이라고 부릅니다. 우리가 그를 놀리고 얼굴을 툭툭 때리고 주먹질을 하면 할수록 그는 흡족해합니다. 심지어 물속으로 떠밀었던 적도 있었지요. 모두들 박장대소했어요. 우리는 항상 장난 삼아 그를 들들 볶고 괴롭힌답니다. 대머리인지라 모자를 벗기고 머리를 툭툭 치기도 하지요. 가끔 뱃사람들이 그에게 선장으로 임명된 것을 축하한다고 장난을 치며 손과 입으로 거짓 방귀 소리를 내며 농담을 건네기도 합니다. 칼로 면도도 해주고 옷을 벗긴 뒤 춤을 추라고 하기도 해요. 며칠 전에는 얼굴에 베일을 씌우고 옷 대신 작은 천으로 몸을 가리는 여장을 시키기도 했어요. 신부로 변장시켜 결혼식을 거행했지요. 아버지가 아이들을 데리고 가서 보기에는 불편했을 법한 구경거리였어요. 이런 짓을 하고 나서도 이들은 세상에서 가장 선량한 아랍인들인 알라나 마호메트처럼 무릎을 꿇고 기도를 올립니다. 이들처럼 명랑한 사람들, 아니 보다 정확히 말하자면 이들만큼 어린아이 같은 사람들도 없을 거예요. 걸핏하면 흥분하고 사소한 것으로도 흥겨워합니다.

높은 지위에 있는 어르신네들도 술을 싫어하진 않더군요. 우리가 지나갔던 작은 마을의 족장들은 혹시 브랜디 한 병을 얻을 수 있을 거란 기대로 우리 배를 찾아오더군요. 이 우스꽝스런 자들의 천박한 꼴은 그들을 둘러싼 사람들의 아첨으로 한결 두드러지기도 했어요. 와디할파에서 그 지방의 징세를 담당하는 이브라임이라는 족장을 만난 적 있었어요. 세금 걷는 것이 만만치 않은 일이더군요. 몽둥이질·체포·구속의 힘을 빌려 이뤄지는 일이었어요. 사흘 동안 그가 하선할 때마다 함께 나란히 내렸었거든요. 마을 주민 한 명이 세금을 내려 하지 않았어요. 족장은 그를 묶어 자기 배에 태웠어요. 족장 배가 우리 배 근처를 지날 때 꽁꽁 묶여 맨머리에 땡볕을 받으며 배 바닥에 쓰러져 있는 불쌍한 마을 사람이 보이더군요. 강변에서는 마을 남녀가 울며 소리치며 배를 따라오고 있었어요. 그런 광경에도 이 족장은 눈 하나 깜짝하지 않았지만 혹시라도 자신이 공격을 받을 경우, 사정거리가 아주 긴 총을 우리가 갖고 있을 거라고 기대하고 이틀 동안 우리 시야에서 벗어나지 않으려고 조심하더군요. 그도 우리처럼 나일 강을 따라 내려가면서 우리에게 구경을 시켜 주기도 했어요. 한번은 선물로 작은 양 한 마리를 주더군요. 6주 동안 닭과 멧비둘기만 먹었던 터라 우리로서는 상당히 반가운 일이었죠. 그리고 이 사람과 그의 전문 분야에 대해 대화를 했는데, 말하자면 일정한 횟수의 몽둥이질로 어떻게 사람을 죽게 만드는지에 대한 것이었죠. 그런 사람들은 미소를 지으며 아주 친절하게 마치 연극 이야기를 해주듯 설명을 하고, 마치 담배 한 대 피우듯 담담하게 시범을 보입니다.

내가 본 것이 어떤 것인지 궁금하다면 루앙 도서관에 가서 이집트에 관한 큰 서적, 고대 이집트에 관한 화보집을 달라고 하세요. 포티에 씨(혹은 르부르통이란 친구)가 기꺼이 보여 줄 거예요. 게다가 이 책은 그리 희귀한 것이 아니라서 아마 몇몇 개인도 소장하고 있을 거예요.

　자, 이제 말이 너무 길어진 느낌이 드네요, 어머니. 이 편지가 얼른 어머니에게 도착해서 신선한 바람처럼 어머니를 흥겹게 하고 활기를 돋게 하길 바랍니다.

　안녕히 계세요. 내 모든 사랑을 함께 보냅니다.

어머니께_1850년 5월 3일
테베, 룩소르 강가에 정박해서

새벽 4시 반입니다. 키나에서 프랑스 직원에게 맡길 편지를 쓰기 위해 서둘러 일찍 일어난 거예요. 그가 편지를 카이로로 전달할 거예요. 그에게 편지를 맡기고 또한 혹시 어머니가 제게 보낸 편지가 있다면 찾아오게 하기 위해 일부러 속달우편용 말을 보냈어요. 아스완에서 느끼지 못한 행복을 키나에서 느낄 수 있을까요? 하느님이 도와주시길!

테베에 저녁 9시에 도착했어요. 달빛 속에서 룩소르를 산책했지요. 열주 뒤에서 달이 뜨면서 거대한 폐허를 환히 밝히더군요. 아! 이곳의 하늘은 얼마나 아름답고, 또 별들, 밤이! 테베는 아직 하나도 구경하지 못했지만 참 멋질 거예요! 여기에서 약 보름간 머물 거라고 생각되는데 이곳이 워낙 넓고 우리는 고생하지 않고 잘 보고 시간을 충분히 가지려고 하기 때문입니다. 이런 식으로 해서 아직껏 우리 중 누구도 지쳐서 나가 떨어지지 않았어요. 7월 초나 보름에도 예루살렘에 가지 못할 테고, 아마도 콘스탄티노플에는 10월이나 11월 이전에는 가지 못할 겁니다. 이 외에는 아직 정확한 것을 말하는 것이 불가능해요. 확실한 것은 오는 겨울 1월이나 2월에 어머니는 당신의 한심한 아들을 보게 될 겁니다. 그러니까, 불쌍한 어머니, 참아 주세요. 시간은 흐르고 벌써 절반의 시간이 지났네요. 나머지 절반은 처음 절반보다 빨리 지날 겁니다. 그러면 벽난로 곁의 의자에 앉아 이야기를 나눌 수 있을 테지요! 어제 저녁 에르망에서 친구의 사진현상 작업을 돕다가 질산은으로 손가락이 온통 까맣게 된 것을 빼고는 에스나에서 4월 26일에 마지막으로 부친 편지 외에는 덧붙여 전할 새로운 소식이 없네요. 그 친구는 헤엄치는 데에 광적으로 몰두했는데 결국 주변에서 그만두라고 말리지 않았다면 큰 사고를 당했을 거예요. 우글거리는 악어는 개의치 않고 나일 강 한복판으로 뛰어들었답니다. 하지만 우리의 훈계를 받아들여 지금은 그만두었지요. 참 엉뚱한 친구입니다! 우리 건강은 여전히 최상이며 안색은 날이 갈수록 담뱃진에 찌든 파이프 색깔과 닮아 가고 있습니다!

안녕, 사랑하는 어머니. 이제 작별인사를 할 시간밖에 남지 않았어요.

어머니께_1850년 5월 16일

콥토스와 키나 사이에서

우리는 어제 아침(마침내, 그리고 아쉽게도!) 테베를 떠났어요. 여전히 우리를 경악하게 할 만한 곳들이 많아서 더 오래 머물 만한 곳이었지요. 이집트에 있는 것 중, 그리고 필경 우리가 여행 내내 보아야 할 것 중에서 가장 아름다운 것들이 가장 많은 곳입니다. 아마도 오늘 저녁 키나에 도착할 거예요. 내게 온 편지가 없더라도 카이로에서만큼 낙담하지 않을 거예요. 어쨌거나 우체국과 영사관에 신의 축복이 내리길! 어머니가 내 편지를 받았는지 알 수만 있다면 좋으련만! 가급적 최대한 규칙적으로 편지를 발송하고 있어요. 기회가 닿지 않으면 속달우편 말을 이용합니다. 이렇게 했는데도 내 소식을 듣지 못한 채 어머니께서 편지를 몇 통 보내지 않으셨는지 걱정됩니다. 하지만 안심하세요, 어머니. 저와 우리 일행은 모두 아주 잘 지낸답니다. 여행 중 불편한 점이 있긴 한데, 어머니 내가 나흘간 담배를 전혀 피우지 않았다면 믿으시겠어요! 담배가 없었기 때문이죠. 아랍 농부들의 담배가 역하게 느껴져서 질 나쁜 담배를 피운 후 긴 한숨을 내쉬어야 했지요.

방금 강변에서 느긋하게 어슬렁거리던 커다란 황새 한 마리를 놓쳤네요. 내가 쏜 총알은 50피트 밖으로 날아가 모래밭 위에서 튕겨져 나갔고 황새는 긴 다리를 늘어뜨리고 큰 날갯짓을 하며 느긋하게 하늘로 치솟아 버렸어요.

우리는 테베에서 보름 정도를 아주 잘 지냈어요. 아름다웠지요! 이곳은 파리만큼이나 큰 도시일 거예요. 모든 건물이 부서지고 4분의 3이 모래에 파묻혀 있지만 아직도 폐허가 남아 있어서 쉬지 않고 돌아다녀도 구경하는 데에만 사흘은 걸려요. 두 산맥 사이에 있는 큰 벌판인데 나일 강이 가로지르고 오벨리스크와 기둥들과 건물의 전면, 거상들이 여기저기 널려 있답니다. 카르나크 궁전에서 받았던 첫 인상은 결코 잊지 못할 거예요. 인간을 참새처럼 통째로 꼬치에 꿰어 금 쟁반에 올려 대접해야 할 거인들의 거처처럼 보였어요. 막심은 사진을 찍고, 나는 사진에 찍히거나 혹은 사진에 찍히도록 하면서 거기에서 사흘을 보냈지요. 인부들 중에 영어를 조금 할 줄 아는 안내인이 있어요. 우리는 영어, 이탈리아어, 아랍어를 섞어 반쯤 정도 이해하며 의사소통을 했지요.

"알라! 알라! 알롱! 고 온! 고 온! 사크레 드 농 드 디외."Allah! Allah! Allons! Go on! Go on! S. n. de D.

"시, 세뇨르. 시, 세뇨르. 에 케스토 베네?"Si, señor. si, señor. é questo bene?

"티에스 낫 베리 배드, 벗 유어 페이퍼 이즈 낫 클린."T'is not very bad, but your paper is not clean

"타이에브, 타이에브."Taïeb, taïeb

이런 식입니다. 우리가 사는 데는, 다시 말해 우리의 집이 있는 곳은 파란 하늘색 칠이 된 커다란 파일로 된 천장이 있는 작은 방이고, 정면의 벽에는 커다란 머리 장식을 한 왕비가 왕의 허리를 감싸고 있는 그림이 그려져 있지요. 밤이면 바깥에 나가서 커다란 돌 위에 누워(그 위에 제 매트리스를 깔았지요) 이웃 마을의 개와 자칼이 번갈아 가며 짖는 소리와 독거미들이 바스락거리는 소리를 들으며 별을 마주 보고 잠이 듭니다. 그리고 우리는 나일 강 좌안으로 넘어갔어요. 룩소르의 프랑스 궁전(오벨리스크를 위한 원정 시기에 무함마드 알리가 제공한 집이죠)에서 이틀간 머문 후 그 유명한 멤논 거상 발치에서 야영을 했어요. 일출 시에 거상이 노래하진 않았지만 그 망할 놈이 밤새 내게 파견한 모기떼가 내 다리를 뜯어먹는 바람에 잠을 자지 못했어요. 게다가 밤새 텐트를 흔들어 대는 바람이 미친 듯 불어왔어요. 다음 날에는 람세스 2세 묘, 그 다음 날에는 비반-엘-물루크Biban-el-Moulouk, 다시 말해 '왕들의 계곡'에서 찼어요. 정말 경이롭더군요. 산 중간이 잘려 나간 거대한 계곡에 풀 한 포기 없고 오로지 거대한 대리석 판이 깔리고 양쪽에 채석장만 있는 곳을 상상해 보세요. 그리고 모든 것이 그냥 무덤이었어요. 끝까지 가면 다른 계단이 시작되어 도무지 끝날 줄 모르는 긴 계단을 통해 무덤 하나하나로 내려갔어요. 그런 다음 천장과 벽 끝에서 바닥까지 채색된 방에 들어갔습니다. 그 안을 여행했어요. 여행이란 말이 걸맞아요. 쇼몽 동굴의 벽면을 매끈하게 갈아 황금색, 짙푸른색 등으로 채색했다고 상상해 보세요. 사람의 발등 위로 기어 다니는 대가리가 여럿 달린 뱀들, 잘려진 머리들이 여기저기 떠다니는 모습, 배를 잡아 끄는 원숭이들, 왕좌에 앉아 이상한 장식을 한 녹색 낯빛의 왕 등, 환상적이며 상징적 그림들이 그려져 있었어요. 벽화는 마치 방금 그린 것처럼 신선했고 손끝에 물감이 묻어났어요. 그 밖에는 하프 연주자들, 무희들, 먹고 마시는 사람들이 왁자지껄 떠드는 모습이었습니다. 아! 아직 못 다한 이야기가 많아요. 나중에 다시 한번 이야기해 드릴게요.

왕들의 계곡 입구 람세스 2세 묘 위에 골동품을 파는 늙은 그리스인이 있었어요. 그는 미라로 가득한 산 중턱의 집에서 마치 탑 안에서 사는 사람처럼 세상 사람들과 동떨어져서 홀로 살고 있었어요. 그 탑 한구석에는 우글쭈글해진 낡은 해골들이 벽에 기대에 삐걱거리고 있었습니다. 1층에는 관들이 가득 차 있었고 우리를 맞이한 방에는 세소스트리스Sesostris 시대의 사람들 몇몇이 그려진 판자가 창문을 대신하고 있더군요. 우리가 멤논 거상 아래에서 야영을 하고 있던 터라 어느 날 아침 그가 우리를 찾아왔더군요. 그는 하얀 터번을 쓰고 누비아 흰색 셔츠 차림에 하얀 면으로 된 양산을 쓰고 있었죠. 렘노스Lemnos의 후손인 그는 왼손에 긴 담뱃대, 그리고 바위 위를 걸을 때에 쓸모가 있도록 끝 부분에 뾰족한 쇠가 달리고 껍질을 벗겨 하얗게 만든 나무 지팡이를 들고 있었습니다. 맨발에 낡은 신발을 신고 가쁜 숨을 내쉬며 천천히 걸어왔습니다.

프랑스로 미라를 가져가는 문제에 대해 말하자면, 그게 어려울 것 같아요. 이제 미라를 외국으로 가져가는 것이 금지되었거든요. 카이로까지 밀수품으로 빼내서 알렉산드리아에서 선적하는 데에 많은 어려움이 있을 거 같아요. 너무 많은 시간과 돈이 드는 일이 될 테니까요.

키나에서 홍해를 보기 위해 알-쿠사이르까지 잠깐 다녀올 예정입니다. 시나이 여행을 하지 못할 테니까 이렇게 하지 않으면 홍해를 볼 기회가 없을 거예요. 시나이 여행을 하려면 사막에서 20일을 보내야 하고(7월이라면 아마 꽤 힘들 거예요), 가자의 항내 검역구역에서 열이틀을 지내며 엘-바카바흐의 족장에게 3천 프랑의 통행세를 내야 하거든요. 말도 안 되는 일이지요. 반면에 알-쿠사이르 여행은 사흘, 아니면 닷새 정도면 할 수 있어요. 그냥 산책 수준이죠.

어제 테베를 떠나기 전에 우리는 말을 타고 카르나크와 룩소르 뒤쪽의 시골로 산책을 나갔습니다. 중간에 한 마을에 들러 정원에 들어가 봤지요. 오렌지나무, 레몬나무, 야자수들이 너무 무성하고 빼곡해서 몸을 숙여야만 나무 아래로 지나갈 수 있었지요. 그리고 나무 그늘에서 야자수의 마른 나뭇가지로 만든 판자에 앉아 쉬었어요. 그때까지 우리 뒤를 졸졸 따라오던 꼬마가 정원의 주인장을 불러냈고, 주인은 채색된 밀짚으로 꼬아 만든 납작한 쟁반에 커다란 대추야자 열매 한 공기와 따뜻한 작은 빵을 담아 가져왔지요. 정원을 적시는 개울이 있었지요. 넓이는 1피트 정도인데 깊이가 1센티미터 정도의 물이 마치 커다란 강처럼 물 위에 나뭇잎을 싣고 우리의 신발 밑창 아래로 흘렀지요. 우리는 거기서 2시간 동안이나 잡담을 하며 쉬었어요. 그리고 다시 말을 타고 카르나크 쪽으로 향했습니다. 그곳과 작별을 하려니 가슴이 찡해졌어요. 참 이상한 일이지요! 돌무더기를 떠나는데 가슴이 찡하다니! 그리고 다른 무수한 것도 우리를 감동시켰지요.

테베에서 알프레드 생각을 무척 많이 했어요. 생시몽주의자들의 생각이 맞다면 그도 나와 함께 여행한 셈입니다. 내가 그를 생각한 것이 아니라 내 안에서 그가 생각한 것일 테지요. 다른 사람 생각도 했고 물론 어머니 생각도 자주 했지요! 말 없이 감탄만 할 수 없었어요. 나는 소리를 지르고 몸짓을 하며 표현하고 싶은 욕구를 느꼈지요. 악을 쓰고 의자를 부숴야 했는데 한마디로 말하자면 나의 즐거움에 동참할 사람을 불렀다고나 할까요. 그렇다면 가장 사랑하는 사람 외에 누구를 불러야 했을까요?

어머니에게 편지를 쓰려고 종이를 들면 무슨 귀신에 씌었는지 어떤 말부터 해야 할지 모르겠어요. 그러다가 이야기가 저절로 튀어나와 수다스러워집니다. 그게 재미있어서 편지가 마냥 길어지죠. 더 이상 할 말이 없으면 편지에게 작별의 눈인사를 보내고 마음속으로 '얼른 저기로 가세요. 나를 대신해서 어머니에게 키스를 해주세요'라고 글자에게 말합니다. 글자가 누군가에게 키스를 하다니! 내가 멍청한 것일까요? 그렇지는 않겠지요! 사랑하는 어머니, 안녕히 계세요. 조금 기운을 내세요. 어머니가 우울하시네요. 자포자기하지 마세요.

5월 17일 ──키나에서. 엄청난 희열! 어머니, 가슴이 뛰어요. 파랭 노인과 부이에의 편지를 포함해서 모두 10통의 편지를 받았어요. 어머니가 숨이 막힐 정도로 어머니를 안아드립니다. 어머니가 편하고 잘 지낸다는 것을 알았어요. 그래서 천 배나 더 어머니를 사랑합니다. 잘 지내고 계시군요. 어머니 편지는 얼마나 자상한지! 굶은 사람처럼 어머니 편지를 허겁지겁 읽었어요. 안녕히 계세요. 천 번의 키스를 보내며.

엠마누엘 바스에게_1850년 5월 17일
쿠스와 키나 사이의 뱃전에서

친구야, 자네의 영지에서 보낸 편지에 대한 답신으로 내가 카이로에서 보낸 편지를 받았는지 모르겠네. 자네 편지는 루앙으로 배달되었는데, 나는 이미 이집트에 와 있었던 터라 자네의 선의만을 감사히 받았을 뿐이네. 지난번 편지에 고맙다는 말을 했을 거라고 생각하네. 집에 돌아가면 가장 먼저 자네 편지를 읽을 테니 안심하게나.

요새 어떻게 지내고 있으며 이 한심한 삶을 어떻게 견디고 있나? 파리에서는 무슨 말이 오고 가나? 우리는 지난 1월 말부터 유럽 소식은 전혀 듣지 못하고 있지. 오직 폐허와 악어와 농부들만 보며 넉 달째 나일 강 위에서 살고 있다네. 정치를 꿰뚫고 사회 흐름에 정통할 수 있는 길이 아니란 말이지. 게다가 프랑스가 내가 떠나올 때의 상태와 같다면, 부르주아들이 여전히 악착같이 어리석고, 여론도 변함없이 비열하고, 그러니까 한마디로 말해 그들의 국그릇에서 여전히 더러운 기름 냄새를 풍긴다면, 나는 전혀 그곳이 아쉽지 않다네. 오히려 그곳이 망하건 흥하건 간에 밥그릇 싸움하는 아귀다툼에 끼어들어 내 몫을 주장하려다가 몸을 상하게 하고 싶은 생각은 전혀 없다네.

지금 우리는 누비아, 아부-쿨롬과 코로스코 사막에서 돌아왔지. 내일, 혹은 모레 알-쿠사이르로 출발할 것일세. 홍해 바닷가에서 3주 후에 테베와는 독립된 거대한 오아시스로 여행을 갈 예정이지. 보다시피 우리는 세상에서 벌어지는 모든 일을 완전히 무시하고, 열대의 더운 공기를 호흡하며 푸른 하늘과 야자수와 낙타를 바라보고, 물소 젖을 마시며 긴 담뱃대로 담배를 피우고 별을 보며 잠드는 위대한 이기주의자처럼 살고 있다네. 지금껏 이집트 여행 중에서(학자들의 여행은 제외하고) 우리만큼 완벽한 것이 없었다고 믿는다네. 대체로 이 나라를 구경하는 데에 3개월 정도를 투자하는데 우리는 8개월을 잡았지. 누비아와 사이드의 모든 사원을 파악하고 그리고 측정했다네(삼각주 지역의 경우에는 홍수 탓에 이처럼 잘 알 수는 없을 걸세). 또한 어떤 여행자도 고생을 감수하지 않을 고생스런 산보를 해서 모에리스 호수, 파이윰 호수도 둘러보았지.

다음 달 말까지는 카이로로 돌아갈 수 없을 듯하네. 알렉산드리아에서 베이루트행 배를 탈 예정이고 거기에서 자네의 답장을 받을 수 있기를 바라네. 베이루트에서는 말을 타고 팔레스타인과 시리아를 방문할 것이네. 그런 다음 사이프러스 섬과 캔디 섬와 로도스 섬을 여행할 생각이라네.

자네는 오랜 세월 캔디 섬에 대해 공부를 하고 있으니 궁금한 것이 있으면 얼마든지 내게 질문을 써 보내게. 자네가 물어본 것은 내가 직접 눈으로 확인해 보겠네. 진심으로 약속하겠네. 아마도 궁금증으로 자네를 힘들게 만들 법한 수천 가지 질문에 대한 해답을 찾는 데 도움이 될 뿐 아니라, 나의 개인적 교양을 위한 질문지 노트를 가장 가까운 데(베이루트)로 발송하게나. 혹시 내가 전달해 주었으면 좋겠다는 편지가 있다거나 다른 부탁이 있다면 얼마든지 도와주겠네. 내 어머니가 자네 어머니에게 보내는 편지에서 우리가 라르나카Larnaca로 갈 것이라고 했을 것이네. 그쪽에서 자네 누이에 관한 일은 아무것도 자네에게 부탁할 것이 없네. 자네가 누이와 지속적으로 서신연락을 취하지 않는다고 나는 생각하네. 이런 유명한 말을 생각하면 좋을 걸세. "나와 나의 가족은 한 단으로 꽁꽁 묶인 아스파라가스와 아무런 유사성도 없다. 우리는 모두 그렇게 일치단결되지 않았다"는 이 유명한 말을 자네에게도 적용해 볼 수 있다고 생각하네. 우리는 그리 일치단결된 가족이 아닐세. 가족관계에서 중요한 것은 가족 때문에 불편을 겪지 말아야 한다는 거지. 자네도 알다시피 공부를 통해 가족으로부터 독립된 직장을 갖도록 하게나. 일이 잘되고 지위가 올라가면, 다시 말해 업무량이 줄어 들어감에 따라 수입이 늘어나게 된다면 내게도 일러 주게나. 자네가 관심 갖는 모든 것에 나도 관심이 많다네. 우리가 같은 학교의 교복을 입고 드구아이 신부의 뇌샤텔 치즈를 먹은 것도 꽤 오래전 일이 되었네. 아, 얼마나 오래된 옛일인가! 얼마나 많은 신발이 닳고, 얼마나 많은 양초가 타 없어졌을까! 우리 곁에 있었던 모든 친구들은 지금 어떻게 되었을까? 흩어져 있고, 누구는 출세하고, 누구는 굶어 죽고, 누구는 잊혀지고, 결혼하고, 마누라가 바람을 피우고, 국회의원이 되고…… 등등. 이 모든 게 재미있구나. 그리고 '소년'*은? 가끔 이 작품을 생각하는 때도 있겠지?

안녕, 오랜 친구여. 하늘이 자네에게 즐거움을 안겨 주길 바라네. 내 편지를 받았고 내가 잘 지낸다는 말을 크루아세에도 전해 주기 바라네. 내게 큰 도움이 되는 일일세.

---

* 플로베르가 열한 살에 연극놀이를 하면서 창조해 낸 가상의 인물. '귀스타브 플로베르 연보' 94쪽 참조.

루이 부이에에게 _ 1850년 6월 4일

아비도스와 아시우트 사이에서

우선 무엇보다도 자네가 보내 준 『돈 딕 다라』*Don Dick d'Arrah*의 일부에 대해 열광적 찬사를 보내며 경의를 표하네. 잘 깎은 작품! 이것이 문체의 진수! 진지하게 하는 말인데, 참 아름답더라. 방금 다시 한번 읽고 뚜껑 열린 3개의 관처럼 입이 찢어져라 웃었다네. 철저하게 멍청한 선생의 반복되는 이야기와 몸짓이 있었지. 그 늙은 리샤르란 인물! 읽고 나니 목이 컬컬해져 맥주를 마시고 싶더군. 건물 바닥에 흩어져 있는 모래가 눈에 선하고 발 밑에서 사각거리는 모래 소리가 들리는 듯하네. 방은 아마도 1층에 있을 테고, 낮고 축축하고 빛이 들어오지 않아 곰팡이 냄새가 날 테지. 못된 사람일세. 자네는 건물이 어디에 있는지 말해 주지 않았네. 나시오넬 가 혹은 사보느리 가가 있는 도시 저편에 있을 것 같기도 하고. 생스베르 거리에 있다면 가장 훌륭할 것 같네. 그래, 맞아. 이제 자리 잡고 정착한 사람이 하나 생겼군! 우리는 정착이나 그 어느 것에도 자리 잡는 것과는 거리가 아주 멀지. 나는 아예 포기했다네. 우리가 헤어진 이후로 이 점에 대해 크게 고민했었지. 뱃전에 앉아 흐르는 물을 내려다보며 정신을 집중해서 지나간 내 삶에 대해 깊이 반추했었지. 유모가 불러주었던 오래된 노랫가락이 얼핏 떠오르듯 그간 잊고 살았던 것들이 무척 많이 떠오르더군. 이제 내가 새로운 시기를 맞고 있는 걸까? 혹은 완전한 퇴폐일까? 그리고 과거를 갖고 미래에 대해 몽상에 잠겼는데, 미래에 대해 아무것도 보이지 않는 거야. 계획도, 생각도, 기획도 없을뿐더러 그 무엇보다도 최악인 것은 야심마저 없다는 거야. 모든 것에 대해 "그게 다 무슨 소용 있어?"라는 대꾸가 튀어나오면서 내가 가설의 평원에 냈던 길목 하나하나에 철벽을 치는 거야. 여행하면서 즐거워지는 것은 아니야. 폐허를 구경하는 것이 위대한 사상을 불러일으키는지 어떤지 모르겠다. 그러나 몸을 움직여서 내 자신에 대해 알려는 생각이 있었는데, 지금 내가 품고 있는 이 지독한 혐오감이 어디에서 온 것인지 궁금할 뿐이네. 출판을 하려고 출판사에 찾아가 종이를 고르고 초고를 교정할 만한 육체적 힘이 내게 없는 거 같아. 이런 것이 나머지 다른 일과 비교해서 무엇이 다를까? 그냥 혼자 글 쓰는 것이 낫지. 스스로 감탄하고 자기 홀로 즐기는 것이지. 그게 중요하지 않을까? 그리고 대중이란 것이 너무도 멍청하니! 도대체 누가 읽는단 말인가? 그리고 그들이 무엇을 읽고? 무엇을 칭찬한단 말인가? 아! 태평한 호시절, 가발 쓴 호시절, 그대는 굽 높은 구두를 신고 지팡이를 짚고 꼿꼿하게 사시는구려! 그러나 우리의 바닥이 흔들리고 있네. 붙잡을 만한 손잡이가 있다 치더라도 우리가 기댈 만한 곳은 어디에 있단 말인가? 우리 모두에게 부족한 것은 문체, 유연한 악기와 재능이란 이름으로 불리는 손재간이 아닐세. 우리에게는 인원수가 많은 관현악단, 물감이 풍부한 팔레트, 다양한 밑천이 있다네. 잔꾀와 요령으로 우리는 아마도 예전에는 몰랐던 것을 훨씬 더 알고 있다네. 그렇다네. 우리에게 부족한 것은 내면적 원칙, 세상의 영혼, 주제에 대한 생각 자체이네. 우리는 메모도 하고 여행도 하지만, 한심하고 한심하지! 우리는 학자, 고고학자, 역사학자, 의사, 구두수선공, 세련된 인간이 되기도 하지. 그런데 이런 게 무슨 소용 있단 말인가? 심장, 열변, 생명수는 어디에 있는가? 어디를 떠나 어디로 가야 하는가? 그렇다네. 내가 돌아가면 벽난로와 나의 정원만 번갈아 보며 나의 원탁을 끌어안고 사는 나의 오래된 평온한 삶을 되찾을 것일세. 조국과 비평, 이 세상 모든 것을 비웃으며 곰처럼 예전의 삶을 계속할 생각이야. 이런 것과는 모든 면에서 정반대의 생각을 하는 젊은 뒤캉은 이런 나의 생각에 분개한다네. 다시 말해 그는 돌아가면 대단히 활동적인 계획을 갖고 있고 미친 듯 활동적 삶에 투신할 생각을 갖고 있다네. 다가오는 겨울 끝 무렵쯤 우리는 이런 것에 대해 이야기해 보세나.

자네에게 아주 명료한 속마음을 고백하려고 하네. 정부로부터 맡은 임무에는 프러시아 왕처럼 느긋하게 더 이상 매달리지 않고 있다네. 꼼꼼하게 '임무를 완수'하려면 나의 여행을 포기해

야만 했을 거야. 너무 멍청한 일이었지. 나도 가끔 멍청한 짓을 하지만 이렇게까지 한심한 짓을 할 수는 없지. 가는 나라마다 수확량, 생산품, 소비량에 대한 정보를 찾아다니는 내 모습을 자네는 상상할 수 있겠나? 기름은 얼마나 만드는지, 감자는 얼마나 먹어 대는지? 그리고 항구에 갈 때마다 몇 척의 선박이 있는지? 배의 무게를 알아보고, 출항시의 무게와 입항시의 무게가 얼마인지? 등등. 빌어먹을. 아니야. 솔직히 내가 이런 일을 해야 하는 것이 가당키나 한 것인가? 그토록 한심한 짓을 한 후(신분증을 얻은 것만으로 충분했지) 약간의 노력을 기울이고 친구들이 거들어 주었거나 장관이 착한 아기였다면 나는 진작에 훈장을 받았을 거야! 빌어먹을! 파랭 노인이 좋아했을 텐데! 그런데 나는 그런 거 원치 않아. 내 스스로 워낙 내 자신을 자랑스럽게 생각하기 때문에 다른 어떤 것도 내게는 명예가 되지 않아.

이 친구야, 나는 자네 생각을 무척 많이 한다네. 이제 여름이니 팔을 몸에 꼭 붙이고 지팡이를 들고 회색 모자를 쓰고 코를 치켜들고 루앙 거리를 싸돌아다니는 자네 모습이 눈에 선하네. 지금 6월 4일 화요일 오후이니 자네는 강트리 거리의 모퉁이를 돌고 있겠지. 아, 중요한 시간이 다가오고 있군. 번복할 수 없는 결정적 순간 말일세. 무엇이 진짜인지 곧 알게 되겠지. 프랑스 연설 문학상이 모든 것에 결정을 내려 줄 거야. 그러면 아랍귀신처럼 사막 한가운데까지 나를 따라다니는 그 끔찍한 강박증에 더 이상 빠져들지 않을 테지. 피니일까? 드포동일까? 그 중 누구일까? 마치 악티움 해전 같군. 아마도 인류의 운명이 거기에 달려 있을 테니까. 한 사람은 카틸리나, 다른 사람은 카이세르에게 비교하고 싶군. 첫번째 사람이 마리우스가 되고, 두번째 사람이 나중에 실라로 밝혀질 수도 있고! 누가 알겠어! 가장 훌륭한 공화국들도 처음에는 그리 위험해 보이지 않았던 야심에 의해 전복되었지. 아무렇지 않게 보이는 행동 속에 가끔 진지한 동기가 은폐되어 있기도 하거든. 알시비아드가 자기 개의 꼬리를 자른 것은 아테네 시민의 관심을 다른 데로 돌리기 위한 것이었지.[*]

졸업생의 취직은 잘 되고 있고, 자네도 성공적으로 복습을 하고 있는 것 같네. 잘된 일이야. 돈도 벌고 잘살도록 애쓰게나. 항상 그게 중요하지.

테베, 그 오래된 도시를 보았네. 아주 아름답더군. 달빛이 열주에 쏟아지는 어느 날 저녁 9시쯤에 도착했었지. 개들이 짖고 백색의 거대한 폐허는 유령 같았으며, 지평선에 닿아 있는 동그란 달은 일부러 거기에서 버티고 꼼짝도 하지 않는 것처럼 보였어. 카르나크에서는 거인들의 삶을 보는 듯한 인상을 받았지. 모기에 뜯기면서 멤논 거상 아래에서 하룻밤을 보냈다네. 얼굴이

---

[*] 피니(Pigny)와 드포동(Defodon)은 루앙 고등학교 학생이고, 당시 루이 부이에는 이 학교에서 복습교사직을 맡고 있었다. 두 학생이 우등상을 두고 벌이는 경쟁을 이야기한 것이다.

잘생긴 이 조각상은 온통 낙서투성이였어. 낙서와 새똥 자국. 이 둘만이 이집트의 폐허에서 생명을 증명하는 것이었어. 닳아 버린 돌들에는 풀 한 포기 없었지. 돌이나 미라가 그저 먼지로 부서져 내렸고, 그게 전부였지. 관광객들의 낙서와 새의 배설물이 이 폐허의 유일한 장식물이었어. 꼿꼿하게 서 있는 거대한 오벨리스크도 마치 흰 천을 걸치고 있듯 꼭대기는 넓지만 아래로 내려갈수록 좁아지는 흰색의 긴 얼룩이 나 있었어. 수백 년 동안 독수리들이 싸 갈긴 똥 자국들이지. 아주 근사한 효과를 낳고 묘한 '상징주의'였지. 이집트의 유적에게 자연이 이렇게 말하는 것 같았어. '나를 원치 않는단 말이지. 너희들 발밑에서는 풀 한 포기 나지 않는단 말이지? 자, 그럼 내가 자네 몸통에 똥을 싸 갈기겠네.'

테베의 지하분묘에서(그건 이 세상에서 가장 묘하고 흥미로운 볼거리라네) 파라오들의 정사 장면을 발견했는데, 그것은 우리의 불멸의 가수가 노래했듯 어느 시대에나 저주하고 여자를 사랑했다는 증거겠지. 남녀가 서로 껴안고 키스를 하며 먹고 마시는 모습을 그린 그림이었어. 얼큰하게 취한 부르주아의 눈빛을 지닌 매력 만점의 새끼돼지 그림도 있었어. 조금 떨어진 데에서 투명한 옷차림에 더없이 야한 자세로 음탕한 음악을 현악기로 연주하는 두 여자의 그림도 보았어. 1816년 팔레 루아얄에서 보았던 음탕한 판화만큼이나 근사했지. 그것을 보고 우리는 실컷

웃고 상상의 나래를 펴기도 했다네.

　기막히게 웅장한 것은 바로 왕들의 무덤이었어. 코몽의 대리석 채석장에 가서 줄줄이 이어지는 계단을 내려간다고 상상해 보게. 그 계단에는 장례식 장면, 향유 처리를 하는 시체, 무시무시하고 이상한 여러 장식을 하고 왕좌에 앉은 왕, 인간의 다리 위로 기어 다니는 뱀들, 악어 등을 탄 잘린 머리들, 악기를 연주하고 있는 악사들, 연꽃이 무성한 숲 등이 바닥부터 천장까지 금빛으로 번쩍이도록 채색된 그림 속에 있다고 상상해 보란 말이야. 우리는 거기에서 사흘을 보냈지. 그곳은 닳고 훼손되었는데, 세월 탓이 아니라 관광객과 학자들 탓이었어.

　하이에나 사냥을 한 적이 있지. 사냥을 하려면 별 아래 노천에서 밤을 보내야 하는데, 별 아래란 표현보다는 별들 아래에서라고 해야 할 거야. 왜냐하면 나는 그날 밤처럼 아름다운 하늘을 본 적이 없다네. 그런데 그 야생동물은 우리를 비웃거나 하듯이 그날은 찾아오지 않더군. 그런데 어느 날 막심은 한쪽에서 사진을 찍고 있었고, 나는 혼자 무기도 없이 말을 타고 지하분묘 근처를 둘러보고 있었지. 고개를 파묻고 말이 가는 대로 몸을 맡기고 천천히 가고 있었는데 갑자기 바윗돌 구르는 소리가 들렸어. 고개를 들었더니 10발자국쯤 떨어진 데 있는 동굴에서 뱀처럼 불쑥 무엇인가 솟아오르는 게 보였지. 그것은 아주 큰 여우였어. 그놈은 걸음을 멈추고 턱 하니 앉아 나를 빤히 쳐다보더군. 나는 코안경을 썼고 우리는 그렇게 서로를 바라보며 3분 동안 각기 다른 생각에 빠져 있었지. 무기를 휴대하지 않은 바보짓을 한탄하며 조용히 돌아서려는데 바로 그때 왼쪽의 또 다른 동굴에서 (그곳은 채반의 구멍만큼이나 많은 땅굴이 여기저기 나 있었지) 세상에서 가장 아름다운 표범 한 마리가 차분하고 느긋하게 튀어나오는 거야. 그놈은 살금살금 잔걸음으로 걷다가 문득 멈춰서 고개를 돌려 나에게 아주 경멸하는 눈빛을 보내고는 사라지더군.

카르나크에서는 이 짐승들이 악마처럼 울어 대는 바람에 밤잠을 설쳤다네. 그 중 한 놈이 우리 야영지로 다가와 버터를 훔쳐 갔지. 나일 강에는 악어가 센 강의 청어만큼이나 흔하다네. 가끔 악어에게 총을 쏘아 보긴 하지만, 항상 너무 멀리 떨어진 데에서 쏜다네. 악어를 죽이려면 머리를 맞춰야 하고 또한 아주 가까이서 접근해야만 이 무시무시한 괴물을 박멸할 수 있을 거야(하지만 악어는 귀가 예민해서 재빠르게 도망쳐 버리지). 괴물이라는 개념은 아주 멋진 개념이야! 오로지 악독하기 위해서 악한 짐승!

에스나에서 쿠슈쿠-하넴을 다시 만났네. 아주 쓸쓸했다네. 그녀 모습이 달라진 거야. 병을 앓았다고 하더군. 하늘은 무겁고 구름이 잔뜩 끼었었어. 그녀의 아비시니아 하녀는 방 안을 시원하게 하려고 바닥에 물을 뿌렸지. 그녀 모습을 마음에 간직하려고 오랫동안 그녀를 바라보았어. 떠나면서 다음 날 다시 오겠다고 했지만 우리는 다시 가지 않았지. 어쨌거나 나는 이 모든 것에서 쓰디 쓴 회한을 음미했지. 그게 중요하고 내 마음속에 깊이 각인되었다네.

알-쿠사이르에서 홍해를 보았지. 땡볕에 낙타를 타고 가는 데 사흘, 오는 데 닷새가 걸리는 여행이었는데 한낮에는 레오뮈르 온도계로 45도까지 올라갈 정도로 더웠지. 해가 따가워서 가끔 리샤르의 맥주 생각이 났어. 왜냐하면 가죽부대에서 밴 양의 누린 냄새뿐 아니라 황산과 비누 냄새가 나는 물밖에 없었기 때문이지. 우리는 새벽 3시에 일어나 저녁 9시에 잠자리에 들고 삶은 달걀과 말라 붙은 잼과 수박만 먹고 산다네. 이것이야말로 진정 사막의 삶이라네. 가는 길 여기저기에서 지쳐서 죽은 낙타의 해골을 만나게 되지. 또 모래가 큰 판장처럼 굳은 곳도 발견했지. 창고 바닥처럼 매끈하고 맨들맨들해진 곳이야. 낙타들이 멈춰서서 오줌을 쌌던 데가 그런 곳이지. 시간이 흐르면서 오줌이 모래바닥을 맨들맨들하게 만들고 마루처럼 평평하게 한 거지. 말린 고기를 약간 가져갔는데 이튿째 되는 날 몽땅 버릴 수밖에 없었어. 돌 위에 버린 양다리 고기의 냄새를 맡고 금세 수염독수리가 날아와 그 위에서 선회를 하기 시작하더군.

메카로 가고 있는 순례자 선단과 마주치기도 했지(알-쿠사이르는 제다로 가는 배가 출항하는 항구고, 제다에서 메카까지는 사홀치 거리밖에 되지 않지). 규방 전체의 부인들을 낙타 바구니에 태우고 가는 늙은 터키인, 등에 표범 가죽을 두른 회교성직자, 그리고 우리가 가까이 지나가자 얼굴을 베일로 가린 채 참새 떼처럼 소리를 지르는 여인들이 있었지.

대상大商들의 낙타들은 가끔 한 그룹 뒤에 다른 그룹이 나란히 따라가기도 하고, 어떤 때는 모두 앞에서 한 줄에 전진하기도 하더라. 멀리 지평선에서 고개를 끄덕거리며 우리 쪽으로 다가오는 그들을 보면 마치 타조 떼들이 천천히 이동하며 우리에게 다가오는 것처럼 보이지. 알-쿠사이르에서 아프리카 내륙에서 온 순례자들, 1년 혹은 2년 동안 걸어서 여행하는 불쌍한 흑인들을 보았지. 보하라족, 뾰족한 모자를 쓴 타르타르족도 보았는데, 인도산 붉은 목재로 건조된 선박이 좌초된 곳에서 배의 그늘 아래에서 국을 끓이고 있었어. 진주조개잡이들의 경우에는 그들의 카누만 보았을 뿐이야. 카누에 2명이 타고 먼 바다로 나가는데 한 명은 노를 젓고 다른 한 명은 잠수를 하거든. 잠수한 사람이 수면으로 올라오면 눈·코·귀에서 피가 나오지.

도착한 다음 날 나는 홍해에서 해수욕을 했어. 내 생애에서 가장 관능적인 즐거움 중의 하나였지. 수천 개의 유방이 온몸을 감싸는 듯한 파도 속에서 몸을 굴렸었지.

저녁에 막심이 예의상 우리를 초대한 사람에게 경의를 표하려고 그랬는지 배탈이 났어. 우리는 각기 떨어진 건물에서 묵었는데 바다가 보이는 소파에 누워 왼손에 커피 쟁반을 들고 세련되게 커피를 따라 주는 한 젊은 흑인 내시에게 대접을 받았지. 떠나야만 했던 다음 날 아침, 이제 우리는 거기에서 2리유 떨어진 데에 왔는데 이미 알-쿠사이르는 이름과 장소만 남았을 뿐이야. 막심은 모래 위에서 곧바로 코를 골더군. 우리와 동행했던 제다 영사관의 경찰관과 영사, 그리고 우리를 초대한 사람의 아들이 모두 조개를 찾기 시작했지만 나는 홀로 남아 바다를 보았어. 그날 아침을 결코 잊지 못할 거야. 모험을 한 것처럼 나는 감동을 받았지. 물속은 봄날 첫물의 새싹으로 뒤덮인 초원만큼이나 각종 조개, 조개껍질, 녹석緣石, 산호 등으로 인해 색깔이 다양했어. 바닷물의 수면은 온갖 색조가 슬쩍슬쩍 스치듯 반짝거리면서 색조가 변했는데 초콜릿 색깔에서 자수정빛으로, 장밋빛에서 청금석색으로 변했다가 연둣빛으로 녹아드는 것 같았어. 그것은 한 번도 듣도 보도 못한 것이었고, 내가 화가였다면 이런 진실의 재현(그것이 가능하다고 치더라도)이 얼마나 거짓된 것인지 생각하며 대단히 곤혹스러웠을 것이야.

그날 오후 4시에 큰 슬픔을 안고 알-쿠사이르를 떠났지. 작별인사를 하려고 우리를 초대한 사람을 껴안고 낙타에 올라타자 눈시울이 촉촉해졌어. 결코 다시 돌아오지 않으리라는 것을 알며 떠나는 것은 언제나 슬픈 일이야. 여행에서 가장 유익한 것 중 하나가 바로 이 쓸쓸한 감정이지.

우리가 떨어져 있음으로 인해 발생했을 법한 변화, 그런 변화가 설령 있더라도 그것이 내게 유익하리라고 믿지 않아. 자네는 고독과 정신집중으로 유익한 것을 얻었겠지만 나는 산만함과 몽상으로 많은 것을 잃었지. 나는 대단히 공허하고 대단히 비생산적으로 변했어. 그것이 느껴져. 그런 느낌이 밀물처럼 나를 사로잡곤 하지. 그런 느낌은 아마도 내 육체가 움직이고 있다는 사실에 기인한 것 같아. 나는 동시에 두 가지 일을 할 수 없어. 친구여, 아마도 나는 주름진 바지와 가죽 소파, 그리고 자네를 거기에 두고 떠났듯 내 지성도 거기에 두고 온 것 같네. 우리는 나중에 어떻게 될까? 10년 안에 우리는 무엇을 해낼 수 있을까? 내가 작업했던 나의 처녀작을 실패한다면 물속에 투신자살하는 길밖에 없는 것 같네. 한때 그토록 과감했던 내가 이제는 극도로 소심해졌다네. 그것은 예술에 있어서 가장 최악의 사태이며 나약함의 가장 큰 징후이지.

카이로에는 뒤시스, 그리고 미적지근해진 마르몽텔 취향의 중동 스타일 비극을 쓰는 시인이 하나 있었지. 그는 프랑스 여자와 사랑에 빠졌다가 질투심으로 자살한 압달 카디르Abdal-Qadir 란 사람에 대한 비극을 우리에게 읽어 주었어. 여기 발췌한 글이 있으니 자네가 나름대로 판단할 수 있을 거야. 허영심이 가득하고 망나니인 데다가, 도둑놈이며 의사이자 시인인 이 작자가 쓴 작품은 모든 사람을 지겹게 만들어서 동족들로부터 배척을 받았지. 1848년 2월혁명 때 라마르틴에게 보낸 시의 마지막 구절이 이렇다네. "임시정부여 영원하라!" 프랑스 국민에게 보낸 또 다른 구절은 이렇다네. "프랑스 국민이여! 오 나의 동족이여!"

그는 컴컴한 집에서 더러운 흑인과 함께 살고 있더군. 그의 가족이 무척 싫어해서, 집에서 그가 쓴 비극을 낭독하면 모든 가족이 부들부들 떨며 침묵을 지키며 경청한다네. 앵무새 같은 코에 푸른색 안경을 끼고 있었고, 한 기술자는 그가 자신의 옷을 넣어 둔 함을 그가 훔쳐 갔다고 하더군. 외국에 사는 프랑스 건달은 한심하기 그지없으며, 덧붙여 말하건대, 그 숫자도 많다네. 자, 이제 편지가 충분히 길어졌으니 내가 얼마나 착한 사람인가! 6월 말이면 베이루트에 있을 테니 그곳으로 답장을 보내주게나. 그 이후에는 예루살렘이 있다네. 항상 열심히 공부하게. 안녕, 내 문우여.

6월 5일──내일 6월 6일은 위대한 코르네유 Pierre Corneille의 출생 기념일일세! 루앙 학술원에서 멋진 기념식이 있겠지! 연설은 어떻고! 신사 분들은 하얀 넥타이를 매겠지. 화려한 행사, 건전한 전통! 그리고 농사에 대한 짧은 잡담!

어머니께_1850년 6월 24일

베니수에프를 6리유 앞두고

아시우트에서 어머니에게 편지를 쓸 때만 해도 지금쯤 우리는 카이로에 도착한 지 며칠이 지났을 거라고 생각했지요. 그런데 바람을 염두에 두지 않았어요. 바람이 연신 우리에게 불리하게 불었어요. 보름 동안 60리유만 갔지요. 어느 날은 개고생을 했는데도 하루에 4분의 1리유만 나아갔어요. 요새는 나일 강의 수위가 가장 낮은 때인지라 배가 자주 좌초해서 여행의 속도가 나지 않아요. 한마디로 말해서 적어도 일주일 안에 카이로에는 도저히 도착할 수 없다는 데에 절망하고(베니수에프에서 카이로까지는 정확히 25리유의 거리입니다), 이런 상황에 대해서 아무 편지도 받지 못하면 어머니도 편지를 쓰지 않을까 두려워서 나는 베니수에프에 도착하자마자 어쨌거나 이 편지를 발송할 생각이에요.

그러나 인도 우편행낭이 이미 도착해서 6월 말분 우편물이 이미 떠나지 않았을까 걱정됩니다. 그러면 결국 어머니는 내 편지를 한 달 동안이나 받지 못하게 되는 셈이죠. 불쌍한 어머니, 어머니가 내 편지를 가급적 자주 받을 수 있도록 내가 할 수 있는 모든 일을 했어요. 그러나 나는 바람도, 배도, 우체국도, 그리고 내 편지를 전달해 줄 선의를 가진 사람도 마음대로 할 수 없군요. 시리아에서는 제 편지가 대단히 불규칙해질 거예요. 미리 알려드리는 겁니다. 이 점도 기억하세요. 비록 모든 게 삐걱거려서 다시 터키 시절로 돌아간 것 같지만 조금은 무함마드 알리의 영향력이 남은 이집트보다도 시리아는 훨씬 행정체계가 엉망입니다.

우리 선원들도 지쳐서 몸이 수척해졌어요. 우리의 선장은 조바심으로 발을 구르지요. 조제프는 아내에게 돈을 부쳐 주고 싶어서 육지에 빨리 도착하고 싶어 했고, 사세티는 이유도 모르고 아마 덩달아 자기도 카이로로 돌아가고 싶어 안달이 났지요. 막심과 나는 비록 할 일도 없고 볼 것도 없지만 선상에서 한 번도 심심한 적이 없어요. 책도 가지고 있지만 읽지는 않아요. 그렇다고 쓰지도 않지요. 우리는 대부분의 시간을 족장 노릇, 그러니까 노인네 흉내를 내며 보내고 있습니다. 족장이란 무기력하고, 하는 일 없이 놀고 먹고, 존경을 받으며 아주 안정된 지위를 누리며 나이를 알 수 없는 늙은이를 말하는데, 우리는 여행에 대해 이런 식의 대화를 나누지요.

"선생께서 여행하신 도시에는 사교계라는 것이 있던가요? 신문을 읽는 사교클럽이 있던가요?", "기관차의 움직임이 조금 느껴지던가요? 장거리 노선도 생겼던가요?", "그리고 바라건대 사회주의 이념이 아직 이 구석까지 침투하지 않았겠지요?", "적어도 좋은 포도주는 있나요? 유명한 크뤼포도원가 있던가요?" 등등. "부인네들은 친절하던가요?", "적어도 좋은 카페는 있겠지요? 계산대의 부인은 보란 듯 화려한 치장을 했던가요?" 멍청한 표정을 짓고 떨리는 음성을 가장해 이런 이야기를 나눴지요.

한 명의 족장 놀이로 시작해서 이제 두 명의 족장, 다시 말해 대화체로 넘어갔습니다. 세상에서 벌어지는 모든 일에 대해 케케묵은 편견을 늘어놓는 대화지요. 그러면 족장은 몸을 부들부들 떨며 쉴 새 없이 자기가 먹은 음식과 그것의 소화 상태에 대해 떠드는 늙은이가 됩니다. 이 대목에서 막심은 자신의 흉내 내는 재능을 마음껏 발휘한답니다. 그는 검사대리인 조카, 마리안이라 불리는 하녀 등을 가진 사람이 되지요. 자기 이름은 에티엔 노인이라고 하고, 나는 카라퐁이라고 이름을 바꿉니다. 카라퐁이란 이름은 멋지지요!

우리는 서로를 부축하고 수다를 떨며 산책을 했어요. 막심은 하루에도 100번씩 자기 건강이 좋지 않으니 조카에게 와 달라는 편지를 쓰라고 하지요. 우리 모두 닭고기에 질렸던 터라 내가 불평을 할 때마다 그는 "자, 카라퐁 영감, 안심하게. 저녁 반찬으로 좋은 닭고기가 나올 걸세. 내가 마리안에게 자네를 위해 한 마리 준비하라고 일러뒀네"라고 하지요. 자기 전에는 30분 정도 이런 식으로 지냅니다. 류머티즘에 걸려 몸이 상한 늙은이들처

럼 묵직하게 걸으면서 투덜대는 흉내를 내죠. "자아아, 내 치인
구야. 자알 자게나!" 며칠 전에는 막 자려고 하는데 누군가가 등
을 짓누르는 것이 느껴졌어요. 에티엔 영감이 혼자 자는 것이 무
섭다며 함께 자자고 찾아온 겁니다. 어떤 날에는 에티엔 영감이
나이가 더 많다는 점을 남용하거나, 카라퐁이 다음 주에 급행 마
차를 타고 떠나 버린다며 서로 말다툼을 벌이는 장면을 연출하
기도 하지요.

어머니니까 이런 우스꽝스런 짓을 털어놓는 겁니다. 우리의
은밀한 사생활을 조금 털어놓는 것이 어머니를 즐겁게 하리란
것을 알기 때문이죠. 우리가 아주 재미있는 시간을 보내고 다른
나라로 가서도 우리의 장난기는 변하지 않는다는 것을 아시겠
지요. 아무튼 카이로에 도착해서 어머니 편지를 받는다면 마음
고생이 덜어지겠지요. 5월 17일 키나에서 받은 편지가 마지막
이었으니 벌써 6주가 지났네요.

아시우트에서 우리를 맞이한 사람은 그 지역의 프랑스인 의
사였는데, 우리는 거기서 아주 환대를 받았습니다. 이 착한 분의
집에서 우리는 포식을 했는데 잠깐이나마 닭고기와 쌀과 곰팡
이 슨 빵에서 벗어나 뱃속이 든든했지요. 전혀 소개받지 않은 착
한 사람들도 만났는데 그들도 우리를 만나서 무척 즐거워했습
니다. 아마 그들은 사는 꼴이 권태로운데 새로운 소식을 접해 수
다를 떨 수 있고, 그들이 그리워하는 나라에 대해 우리가 약간씩

들려 주는 소식 덕분에 그러했을 겁니다.

만팔루트 근처에서 사문 동굴(악어의 동굴)을 보았습니다. 가슴과 배를 땅에 대고 45분가량 엉금엉금 기어 올라가야만 하는 지하묘지였어요. 묘하고도 가슴 졸이는 탐험이었습니다. 탈진이 되어 밖으로 나왔지요. 시체를 처리했던 역청灑青이 여기저기에서 흐르고, 미라의 매캐한 먼지가 목을 졸라 기침을 해댔으며, 박쥐들이 랜턴 주위로 날아다녔습니다. 귀부인과 함께 갈 만한 아름다운 산책이었죠. 악어 미라, 누런 인간 미라의 팔·다리를 거기에서 가져왔지요. 유리병에 보관해서 공부해야 할 것들이죠. 빽빽하게 쌓여 있는 모습이 장관이었습니다. 세상에서 가장 이상한 구경거리였습니다. 혼자 갔다면 겁에 질렸을 거예요.

어제 막심은 총을 한 발 쏴서 펠리컨 세 마리를 잡았어요. 펠리컨 머리를 조타대 위에 올려놓아 말렸지요. 그간 수집했던 새 다리가 늘어났어요. 며칠 전에는 커다란 나일 강 도마뱀을 우리에게 가져다주었어요. 작은 악어를 닮은 놈인데 우리는 즉석에서 죽여 뼈를 발라냈어요. 60피아스타(우리 돈으로 7수 반이죠)를 주고 아름다운 거북이 등껍질을 샀어요.

며칠 후면 우리의 나일 강 여행도 끝이 날 겁니다. 배를 떠날 때면 틀림없이 슬퍼질 거예요. 그러나 어머니 곁에 가까이 가고 있다는 생각으로 지나간 시간에 대한 모든 아쉬움이 지워진답니다.

머리카락이나 꽃, 메달 등 감상적인 것을 보내는 것은 '강한 남자'로서 할 짓이 아니지만 어제 페슈나에서 어머니를 위해 꺾은 목화를 한 송이 보냅니다.

루이 부이에에게_1850년 6월 27일

카이로에서

드디어 카이로에 돌아왔네. 이 말밖에는 자네에게 들려줄 소식이 없네. 왜냐하면 지난번 편지에 썼던 것 외에 우리 여행에서 자네에게 들려줄 만한 흥미로운 것은 아무것도 없기 때문이지. 며칠 후면 알렉산드리아로 떠날 테고 지금부터 불상사가 없다면 다음 달 말에 우리는 예루살렘에서 그리 멀지 않은 곳에 있을 거야.

배를 두고 떠나면서 한없이 슬픈 멜랑콜리를 느꼈다네. 카이로의 호텔로 돌아오니 마치 오랫동안 마차 여행을 한 것처럼 머릿속에서 소리가 났다네. 인파로 우글거리고 소란스러웠지만 도시는 텅 비고 적막한 느낌이었네. 이곳에 도착한 첫날 밤에는 지난 석 달 동안 우리의 기나긴 몽상적 하루에 박자를 맞춰 주었던 노 젓는 소리가 부드럽게 연신 귓가에 울리더군.

이상한 심리 현상이지! 카이로에 돌아오자(자네 편지를 읽은 후) 강렬한 지적 욕구가 폭발하는 느낌이 들었어. 갑자기 머릿속이 부글부글 끓었고, 쓰고 싶어 안달이 나는 욕구를 느꼈지. 책상에 앉았지. 자네는 내 편지가 자네에게 불러일으켰던 희열에 대해 말했었지. 자네 편지가 내게 준 즐거움을 생각하니 어렵지 않게 자네 말을 믿을 수 있겠어. 자네 편지는 완전히 포만감을 얻을 정도로 대개 세 번을 연거푸 읽는다네. 자네의 크루아세 방문에 대한 부분을 읽고 뱃속까지 감동했다네. 내가 자네가 된 느낌이었어. 고맙고 고맙네. 어머니를 찾아가 줘서 고맙네. 어머니 생각으로는 어쨌거나 나를 잘 알고 있고 나에 대한 이야기를 나눌 사람은 자네밖에 없을 거야. 그것은 가슴으로 눈치챌 수 있거든. 하지만 그렇다고 매주 일요일을 크루아세에 바쳐야만 한다고 생각하지 말게나. 자기를 희생하면서까지 괴로움을 겪지 말란 말이지. 어머니는 아마도 자네가 찾아와 주면 매번 100프랑씩이라도 지불할 걸세. 어머니에게 그런 제안을 하면 재미있는 장난이 될 걸세. 이런 경우, '소년'이라면 "나 같은 사람과 함께 있으려면 이 정도는 내야 합니다. 비용이 엄청나지요. 재치 있는 말을 해주고, 친절하고 세련된 화법을 지닌 사람과 대화하려면" 이라고 농담을 했을 거야.

심심하겠구나! 내가 돌아가면 덜 심심할까? 어떻게 알 수 있겠나? 간단없는 슬픔의 시기가 우리에게 도래했으니. 적어도 함께 고생하면 나을 거야.

중국풍 콩트의 초안은 전반적으로 아주 마음에 들어. 줄거리를 보내 줄 수 있겠나? 중국 분위기를 낼 수 있는 중요한 바탕이 마련되었다면, 관련 서적은 그만 읽고 작품 구성에 몰두하게

나. 요즘 세대에 널리 퍼진 불길한 유행인 고고학적 탐구에 매몰되지 말기로 하자. 뮐로가 내린 결정은 아름다웠고, 내게 예술적 윤리로 엄청난 기쁨을 주었다네. 그러나 그녀가 양심적인 것만큼이나 똑똑하고 정감 있는 인물인가? 주인장이 재판관과 더불어 여드레, 아니 20분 동안만이라도 이야기했다면 이해했을 테고 아마 그 일을 해냈을 걸세. 그런데 시간은 흘러 버렸고! 우리는 모두 불쌍한 사람들일세. 내 생각에 우리의 품격이 너무 높단 말이지. 우리는 뼛속까지 역사적이고, 모든 것을 수긍하며 세상을 판단할 경우에도 세상의 눈높이에 선단 말이지. 그러나 이 해력만큼이나 천부적 소질도 우리에게 있는 것일까? 치열한 독창성은 그런 넓은 해량海諒과 양립할 수 있는 걸까? 이것이 이 시대의 예술적 정신에 대한 나의 회의, 다시 말해 진정한 예술가가 너무 없지 않을까, 하는 나의 회의란 말이지. 적어도 우리가 적절한 일을 하지 않는다면 아마도 우리 부모세대의 과감성과 우리의 절충주의를 갖춘 세대를 대비하고 도래하게 할 수 있지 않을까? (적절한 다른 단어를 찾고 있네만) 그럴 리 없을 거야. 이 세상은 끔찍할 정도로 멍청해지고 있어. 이후로도 아주 오랫동안 이 세상은 지겨울 거야. 그래서 현재를 사는 것이 나을 거야. 자네는 우리 사회의 미래에 대해 우리가 토론을 많이 한다고 생각하지 않을 테지. 내 생각에는 머지않은 미래에 이 사회가 마치 학교처럼 돌아가리라 거의 확신한다네. 복습선생들이 곧 법

이 되는 세상 말이지. 모든 것이 교복을 입은 듯 획일화될 것이야. 인류는 더 이상 그 싱거운 주제로 야만적 짓을 하지 않겠지. 그러나 형편없이 엉성한 스타일, 문체와 리듬과 도약의 부재란! 오, 미래의 마니에르여, 그대의 야심은 어디에 있는가?

어쨌거나 선량한 신은 항상 그대로 계실 테지! 신이 항상 강건하고 이 늙은 군인이 결코 죽지 않기를 바랄 뿐이네. 어제 저녁 (혹은 그제 저녁) 아프로디테 신전에 바울이 퍼부었던 욕설 『고린도전서』을 다시 읽어 보았고, 오늘 아침에는 18살 때처럼 공리주의자(공리주의자치고는 꽤 탄탄한 사람이지)에게 반박하는 예술을 위한 예술론을 읽었다네. 나는 격류에 저항하고 있다네. 그 시류에 우리도 휩쓸려 갈까? 아닐세. 그럴 바엔 책상 다리로 머리를 박고 죽자. 우리 강해지고 아름다워지고 우리의 금빛 구두를 더럽히는 먼지를 풀잎으로 닦거나, 아니면 아예 닦지 말자구. 그 안에 금이 들어 있다면 그 위에 먼지가 낀들 무슨 대수이겠나! 에밀 오지에의 작품 『가브리엘』*Gabrielle*에 대한 바크리의 비평문을 읽었다네(수은과 약을 억지로 먹어야 할 이 낡고 더러운 문학에 대한 비평문이었지). 괜찮을 뿐만 아니라 꽤 좋았다네. 그 비평에 나는 꽤 '놀랐거든'. 허점을 제대로 짚었으니까. 읽고 나서 후련했다네.

밤에 꽤 긴 시간 동안 외젠 스크리브의 소설 『이름 없는 정부』*La maîtresse anonyme*를 읽었네. 알찬 작품이더군. 이 작품을 구해 보게나. 이보다 더 불결할 수 없고 그야말로 꽉 들어찼다네. 아! 대중! 대중이란! 생각건대 마리 앙투아네트가 군중이 튈르리 궁전을 침입하는 것을 보며 느꼈던 군중에 대한 거대하고 무력한 증오를 나도 느끼는 경우가 있다네. 그러나 화제를 다른 데로 돌리자구.

뮈세 작품에 대한 부분은 좋고 대담하고 솔직한데 다만(오직 이 부분만) 끝으로 갈수록 조금 길어진 것 같네. 혹시 조금 농축시킬 수 있다면(충동적이지 않은 자네에게는 쉬운 일이지) 완벽할 것일세. 그런데 아주 아름다운 것은 『어떤 신사분에게』*À un monsieur*란 작품이야. 대단해. 나는 평생 동안 사람들이 내 얼굴을 보면 다른 모든 사람과 비슷하다는 말을 들어 왔지. 나도 그런 허언을 늘어놓는 것이 아니지만 이 작품은 묘하게도 알프레드를 떠오르게 하네. 자네도 그렇게 생각하지 않나?

루이 부이에에게_1850년 7월 5일

알렉산드리아에서

이제 끝났네. 카이로, 다시 말해 이집트에게 작별 인사를 했다
네. 아름다운 카이로! 마지막으로 나무 아래에서 이집트의 냄새
를 맡았던 것이 얼마나 아름다웠는지! 알렉산드리아는 지겹더
라. 온통 유럽 사람들뿐이고 그들의 장화와 모자만 보이더라. 파
리도 아니고 파리 변두리에 있는 느낌이었어. 마침내 며칠 후면
시리아로 갈 테고 거기에서 말안장에 엉덩이를 올려놓으면 아
주 오래 그렇게 있어야 할 거야. 큰 장화를 신고 말에 올라타서
가슴팍에 바람을 안고 달릴 걸세.

베이루트로 보낸 자네 선물에 감사한다네. 라마르틴의 작품
으로 말하자면 어제 『르 콩스티튀시오넬』지에 실린 「주느비에
브」Geneviève의 몇 구절을 읽었네. 내가 자네에게 추천하는 위대
한 책에 대한 서평이 서문에 실렸더군.

우리가 카이로에 있을 적에 일어났던 다음과 같은 이야기에
대한 자네 생각은 어떤지 궁금하네. 한 늙은이와 결혼한 젊고 아
름다운 여인(나도 본 적이 있네)이 정부를 마음대로 만날 수 없
게 되었다네. 그들은 만난 지 석 달 후부터 불쌍한 여자가 감시

를 받는 탓에 서너 차례만 만났을 뿐이었지. 질투심에 불타는 늙고 병들고 심술궂은 남편은 그녀의 돈줄을 조여서 괴롭히고, 조금만 의심이 나면 유산을 박탈하겠다고 유언장을 다시 쓰면서 이런 식으로 유산을 미끼로 그녀를 조정할 수 있다고 믿었지. 하지만 노인은 중병에 걸렸지. 여자 말에 따르자면 믿을 것이라곤 아내의 헌신적 보살핌뿐이었지. 그래서 회복의 희망이 사라지고 모든 게 끝장날 때가 되어 말도 못 하고 움직이기조차 힘들어서 죽기 직전에 이르렀지만 여전히 의식은 살아 있었는데, 아내가 그녀의 정부를 방 안으로 끌어들여 죽어 가는 남편 앞에서 정부에게 몸을 맡긴 거야. 이 장면을 상상해 보게! 이 늙은이가 얼마나 분통이 터졌겠는가! 이렇게 복수를 한 거지.

옮긴이 해제

은둔과 여행

귀스타브 플로베르(1821~1880)는 『보바리 부인』을 비롯해 『감정교육』, 『성 앙투안의 유혹』, 『살람보』, 『부바르와 페퀴세』, 『세개의 콩트』와 같은 걸작을 남겼다. 습작품을 제외하면 고작 6편의 소설로 그는 모더니즘의 길을 열었던 첫번째 작가로 기록된다. 프랑스 문학사뿐 아니라 세계문학사에 전환점을 이룬 그의 작품은 세기가 바뀌어도 그 힘을 잃지 않으며, 심지어 전통소설과 단절을 표방하는 전위작가마저도 그를 전범으로 삼고 있다.

완벽한 문장을 위해 고행을 마다하지 않았던 그의 태도는 지금도 전설처럼 전해지고 있다. 사교생활을 삼가고 평생 동안 책상에 붙어 살았던 그의 삶이 폐관 수도승의 삶과 닮았기에 그를 흔히 '크루아세의 은자'라고 부르기도 한다. 당대 부르주아 사회, 나아가 인류에 대한 절망을 끊임없이 토로하며 스스로를 토굴 속의 곰에 비유했던 모습과 얼핏 어긋나는 것처럼 보이는 것이 그의 여행 체험이다. 당시의 불편한 교통조건을 무릅쓰고 피레네, 브르타뉴, 코르시카 등지를 여행했을 뿐 아니라 2년에 걸친 동방여행, 북아프리카 여행을 감행한 것은 자발적으로 세상을 등진 수도승의 모습과는 사뭇 대조적이다.

그의 여행 중에서도 동방여행은 가장 긴 기간이 소요된 것이었다. 막대한 비용과 건강상의 이유를 들어 아들의 여행을 말렸던 어머니를 설득한 끝에, 28살이던 1849년 10월 29일 마침내 작가는 오랫동안 꿈꾸던 동방여행을 위해 파리를 떠난다. 오랜 습작 기간을 거쳤고, 몇몇 작품이 활자화되었지만 작가의 입지를 얻기에는 요원했으며, 1844년 간질로 추정되는 병을 빌미로 법학 공부를 중단하고 고향집에 은둔하여 오로지 집필에만 몰두했던 처지였다. 파리에서 당대 유명 예술인들과 교분을 쌓고 1846년에는 루이즈 콜레란 여성과 사귀었지만 둘의 관계는 처음부터 원만하지 못했다. 게다가 루앙 시립병원 원장이던 아버지, 혈육보다 가까웠던 그의 오랜 친구 르 푸아트뱅, 그리고 여동생 카롤린이 줄지어 세상을 떴고 오랫동안 심혈을 기울였던 작품 『성 앙투안의 유혹』을 주변 사람에게 읽어 주었지만 반응은 냉담했다. 먼 옛날 동방의 기독교 성자를 소재로 삼기보다는 당대의 이야기를 써 보라는 친구의 충고에 따라 훗날 『보바리 부인』으로 결실을 맺을 작품을 구상하던 터였다. 이미 1847년에 석 달 동안 브르타뉴와 노르망디 지방을 여행한 후 『해변과 들판에서』*Par les champs et les grèves*라는 합동 기행문을 남긴 적이 있는 막심 뒤캉*Maxime Du Camp*이 동방여행에서도 그의 동반자가 되었다. 고향을 떠날 때에 어머니는 집을 나서는 아들의 뒷모습을 보며 비명에 가까운 울음을 터뜨렸다. 플로베르는 어머니의 그런 울음은 아버지가 죽었을 때 이후로 두번째 듣는 비명이었다고 기록한다. 이집트와 터키, 예루살렘, 팔레스타인 등지 그리고 그리스와 이탈리아를 도는 여행은 당시에도 예측 불가능한 위험이 도사린 큰 모험이었다. 작가는 어머니와 헤어지는 순간부터 꼼꼼하게 수첩에 메모를 남겨 귀국 후에 수첩을 다시 옮겨 적은 후 그것을 토대로 여행기를 작성했다.

파리를 떠나 마차와 기차, 배를 번갈아 타며 사흘 후에 마르세유에 도착한 작가는 여행의 편의를 위해 농림부 측으로부터 공무 여행이란 형식적 자격을 얻어, 11월 4일 '나일'이란 우편물 증기선을 타고 마르세유를 떠난다. 몰타 섬을 거쳐 11월 15일 이집트의 알렉산드리아 항구에 도착한 후, 11월 26일 카이로에 들어가 이듬해 2월 6일까지 머문다. 현지에서 6명의 뱃사람을 고용해서 돛단배를 빌려 카이로를 떠나 나일 강을 따라 상부 이집트로 올라가고, 3월 6일 에스네에서 유흥가의 유명한 무용수 쿠슈크-하넴을 만난다. 3월 11일에 첫번째 폭포에 도착하고 22일에 두번째 폭포에 이르고 이즈음에 구상 중인 소설의 여주인공의 이름을 '보바리'로 정한다. 다시 강을 타고 내려와 테베에서 일주일을 머문 후 사흘 동안 홍해 부근 알-쿠사이르 지방에서 사막 체험을 한다. 알렉산드리아를 떠나 시리아로 가서 베이루트를 거쳐 예루살렘에 들어간 후 이란으로 가려다가 여비 부족으로 발길을 돌린다. 10월에 로도스 섬을 거쳐 11월 12일 콘스탄티노플에 도착해서 한 달간 머문다. 12월 18일 그리스 아테네에 도착하여 카나리를 방문하고, 1851년 스파르타와 펠로폰네소스를 둘러보고, 2월 9일 파트리스를 떠나 브린디시로 향한다. 3월 나폴리, 4월 로마에 도착한 후 5월 귀국길에 오른다.

플로베르는 이 동방여행을 위해 자기 몫으로 남겨진 아버지의 유산을 거의 다 소진한다. 본문에 실린 편지는 그가 넉 달 가량 돛단배를 타고 나일 강을 따라 여행하는 동안 강변의 유적지와 마을 등을 둘러보며 가족, 친지에게 보냈던 편지 중 일부를 모은 것이다.

동방여행

1840년대에 예술가, 특히 작가들은 동방을 꿈과 환상의 공간으로 그렸다. 동방은 단지 특정 공간을 지칭하는 지리적 명칭에 그치지 않고 모든 성당 건물이 동쪽을 향하고 신실한 순례자가 올바른 방향을 정한다는 의미로 정향하는 것을 오리엔테이션 Orientation, 즉 동쪽으로 방향 잡기라고 칭하듯 서방 사람에게 동방은 신앙의 원천뿐 아니라 삶에 지향성을 부여하는 곳이기도 하다. 다만 동방은 경우에 따라 성경의 배경이 된 지역뿐 아니라 고대문명의 산지인 북아프리카의 이집트와 그리스와 같은 폭넓은 지역을 포함하며, 동시에 각박한 현실에서 벗어나 비현실적

꿈이 실현되는 이국 정서가 채색된 환상적 공간을 의미하기도 한다. 흔히 '오리엔탈리즘'Orientalism이라 일컫는 이 동양에 대한 환상, 나아가 유럽중심주의에 입각한 그릇된 교조가 딱히 19세기에 갑작스레 형성된 것은 아닐지라도 적어도 나폴레옹의 이집트 원정 이후 프랑스는 동방에 대한 각별한 관심을 기울여 왔다. 제국주의적 이해관계에 입각하여 동양학을 각별하게 권장한 나폴레옹 덕분에 파리는 동양 연구의 중심지가 되었고, 동양은 학자뿐 아니라 예술가들에게 지적·미학적 호기심의 대상이 되었다.

샤토브리앙, 라마르틴, 들라크루아 등과 같은 시인과 화가는 동방여행을 통해 낭만주의 예술에 동양적 환상을 채색했다. 플로베르는 동방여행을 하기 전에 이미『성 앙투안의 유혹』의 초고를 썼을 만큼 동방의 매력에 사로잡혔고 훗날『살람보』,『에로디아스』Hérodias와 같은 작품을 썼을 만큼 그의 관심은 지속적이었다. 그와 동행한 막심 뒤캉은『볼네』,『앙페르』등 당시 출판된 이집트학 서적을 꼼꼼히 읽고 노트에 정리하고 1849년 8월 14일 파리 동양학회에 회원으로 가입할 정도로 치밀하게 여행에 앞서 자료조사에 만전을 기했다. 작품을 집필하기 전에 방대한 자료조사를 하기로 유명한 플로베르도 필경 여행에 앞서 수년간 동방에 관한 서적을 읽고 조사했다.

1843년 파리에서 처음 만나 친구가 된 막심 뒤캉은 당시 첨

단과학의 산물인 사진기에 매료되어 여행 과정과 이국 풍물을 사진에 담아 여행 직후 책을 내었지만, 플로베르는 즉각적인 출간을 염두에 두지 않은 여행기와 편지만 남겼을 뿐이다. 물론 작가의 동의에 따라 발간된 소설을 제외한 글들에 대해 과연 작가가 출간을 염두에 두었는지 아닌지의 여부를 따지는 것은 그리 간단한 문제가 아니다. 10대 중반부터 글을 썼던 플로베르는 줄곧 출간을 거부한다는 말을 습관처럼 반복했던 터였지만 시기에 따라 그의 태도도 변했으리라 짐작되기 때문이다.

우리에게 『동방여행』Voyage en Orient이란 제목으로 알려진 플로베르의 여행기, 그리고 가족과 친지에게 보낸 편지는 모두 출간을 염두에 둔 것이 아니라고 짐작된다. 그가 작가로서 문명文名을 얻고 출간 가능성이 엿보이자 작가와 수신자의 합의하에 상당수의 편지는 폐기되었고, 여행기도 사후 60여 년이 지난 후에야 일정 부분이 삭제된 상태로 공개되었다. 그의 분담糞談 취향과 음담패설이 추문을 일으킬까 두려워했던 탓이다. 따라서 동방여행에서 그가 드나들었던 유곽 체험은 주로 루이 부이에에게 보낸 편지 속에 담겨 있었으나 상당 부분 폐기되었을 것으로 짐작된다.

그의 서간문에서 주목할 특징은 오랜 시간을 두고 퇴고를 거듭했던 소설과는 달리 그의 즉정卽情과 첫 숨결이 고스란히 보존되었다는 데에 있다. 특히 낯선 곳에서 처음 만나는 세계를 보고 느낀 느낌을 가감 없이 보여 준다는 점에서 소설가가 아닌 인간 플로베르의 모습을 서간문을 통해 엿볼 수 있다.

글에서 작가의 모습이 엿보인다는 점은 플로베르의 유명한 '몰개성주의'impersonalité와는 크게 어긋나는 셈이다. '몰개성주의'란 작가가 글에서 자신의 주관적 감상이나 해설을 배제한다는 뜻이다. 범박하게 설명하자면 천하절경을 안내하는 관광가이드는 여행객에게 길을 안내하고 볼거리에 손가락질을 하는 것에 그쳐야지 곁에서 끊임없이 설명을 하거나 나아가 자신의 느낌을 담은 감상적 시를 읊어 대면 관광객의 풍경 감상에 해를 끼친다는 것이다. 일단 독자에게 사건의 진면목 앞까지 이끌고 나면 작가는 마치 겸손한 안내자처럼 숨을 죽이고 있어야 독자가 제대로 작품을 감상할 수 있다는 것이 플로베르의 '몰개성주의'라고 할 수 있다. "양념이 고기 맛을 죽인다"는 비유도 사용했던 플로베르는 작가의 주관적 감상이나 해설이 이야기 자체가 지닌 핵심을 흐려 놓는다는 생각을 한 것이다. 다만 소설이 아닌 서간문에서는 사정이 다소 달라질 수밖에 없다.

플로베르의 여행 태도를 두고 피에르-루이 레이는 이렇게 요약하고 있다. "플로베르에게 있어서 동방여행은 샤토브리앙처럼 기독교의 원천으로의 순례와는 전혀 무관하다. 더욱이 라마르틴처럼 이슬람의 미덕, 네르발처럼 고대문명에 대한 감탄과도 다르다. 그는 풍경을 추구했고 여인의 아름다움에 감탄했을 따름이다." 아버지로부터 물려받은 전 재산을 쏟아부은 여행에서 플로베르는 일찌감치 역사학자나 고고학자, 아니면 여행작가의 태도를 포기한다. 처음에는 눈에 보이는 것을 기록으로 남기기 위해 고민을 했지만, 이집트의 낯선 자연 풍경, 무한한 공간과 다채로운 색깔의 향연에 빠져들면서 오로지 '눈'이 되기로 결심한다. 산을 오르되 오로지 정상 정복만을 위해 발걸음을 옮기다 보면 정작 자연 풍경을 놓치기 십상이다. 바쁜 일정에 쫓긴 나머지 관광지 앞에서 사진 찍기에 바쁘다 보면 여행의 본질을 외면하는 것과 마찬가지일 것이다.

당대 첨단과학의 산물인 사진기를 펼쳐 놓고 부산을 떠는 막심 뒤캉과는 대조적으로 플로베르는 눈에 보이는 대상을 오랫동안 관찰하고 메모했는데, 이는 훗날 집요한 관찰과 치밀한 묘사에 뛰어난 사실주의 작가를 예고하는 자질이다. 무엇을 찍고 무엇을 기록할지에 골몰했던 친구와는 달리 온몸을 '눈'으로 만들고 그저 관조하는 태도를 취함으로써 훨씬 깊은 체험을 얻었을 것이다. 햇빛의 변화에 따른 미묘한 색조와 그 변화, 습도와 온도에 따른 분위기와 소리에 민감하게 반응했던 작가의 감각은 편지에서도 엿볼 수 있다. 그것은 막심 뒤캉의 사진기가 잡아내지 못했던 여행의 기록일 것이다. 어머니에게 보내는 편지에서 아들의 건강과 안위를 걱정했던 어머니를 안심시키려는 뜻이 크게 작용했겠지만 작가는 유독 나태와 편안함을 강조했다.

그러한 나태와 무심함이야말로 대상을 온몸으로 체험할 수 있는 심리적 태도일 것이다.

어머니에게 보낸 편지와 달리 친구 루이 부이에에게 보낸 편지 중에 유독 후세 독자의 관심을 끈 대목이 관능의 체험이었다. 이집트 무희와 창녀에 대한 체험담은 당대 유럽 제국주의와 백인 남성우월주의의 시각의 전형이란 점에서 『오리엔탈리즘』 *Orientalism*의 저자 에드워드 사이드Edward Said의 혹독한 비판에서 자유롭지 못할 것이다. 그가 이집트나 예루살렘에서 유적과 풍속에 신랄한 비판과 냉소를 보였다면 그것은 굳이 유럽우월적 의식의 발로가 아니라 여행 전부터 일찌감치 형성된 인간에 대한 혐오감의 연장선이라고 보는 것이 맞을 것이다. 예컨대 웅장한 피라미드 앞에서 말문을 잃고 감탄했던 다른 유럽 여행객과는 작가는 달리 동서고금을 막론하고 자행된 인간의 우둔함의 증거를 재확인했다고 고백하고 있기 때문이다.

귀스타브 플로베르 연보

1821 귀스타브 플로베르는 12월 12일 루앙 병원에서 태어났다. 아버지가 그 병원의 외과 원장이었다. 형 아실은 아버지의 뜻에 따라 의학을 공부하여 훗날 루앙 병원 원장직에 올랐고, 유년기에 플로베르의 각별한 말동무이자 연극놀이의 동반자였던 누이동생 카롤린은 결혼 직후 죽어서 플로베르에게 큰 슬픔을 안겼다.

1829~30 그의 새 친구 에른스트 슈발리에에 대해 어린 귀스타브는 이렇게 쓰고 있다. "영원한 친구로서 서로 사랑하고 항상 내 마음속에 있을 친구 중 가장 좋은 친구를 만나고 싶은 조바심에 사로잡혔다. 그렇다. 우리는 태어나 죽을 때까지 친구야."

1830 에른스트 슈발리에에게 "새해는 멍청한 날이야"라는 문장을 씀으로써 평생 지속되었던 편지쓰기가 시작된다 (12월 31일).

1831 플로베르는 「코르네유를 칭송함」(Éloge de Corneille), 「유명한 변비에 관한 멋진 해설」(La Belle explication de la fameuse constipation)들이 포함된 『학생 공책의

세 페이지 혹은 귀스타브 플로베르 선집』(*Trois pages d'un cahier d'écolier ou œuvres choisies de Gustave Flaubert*)이라는 최초의 유년기 습작품을 쓴다.

1832 루앙 왕립 중학교에 입학하여 친구, 연극, 독서와 글쓰기에 빠져든다. 아버지의 당구대가 놓였던 방에서 친구들과 연극놀이를 하면서 똥과 성性을 뒤섞은 기괴한 표현을 즐기는 '소년'(Garçon)이란 인물을 창조한다.

1833 노르망디, 노장, 베르사유, 퐁텐블로, 파리 등지를 가족과 여행한다.

1835 중학생 시절에 플로베르는 에른스트 슈발리에와 더불어 『예술과 진보』(*Art et Progrès*)라는 필사본 잡지를 창간하여, 직접 그 잡지의 편집인 겸 서기를 맡는다. 그리고 당시 5학년이었던 루이 부이에를 만난다.

1836 플로베르는 트루빌에서 여름방학을 보내던 중 10살 연상의 유부녀 엘리사 슐레진저를 만난다. 첫눈에 반한 그는 1846년 루이즈 콜레에게 이런 편지를 쓴다. "내게 진정한 열정은 하나밖에 없었지요. 이미 당신에게 말한 적 있지요. 15살 무렵이었고 18살 때까지 계속되었지요." 플로베르는 콩트와 역사적, 철학적, 혹은 환상적 단편소설도 10편 정도 쓴다.

1837 「지옥 꿈」(Rêve d'enfer), 「열정과 덕성」(Passion et Vertu),

「퀴드퀴드 볼루에리스」(Quid-quid volueris) 등의 콩트를 쓰고, 루앙의 잡지 『르 콜리브리』(Le Colibri)를 펴내 거기서 「서적광」(Bibliomanie), 「자연사 수업, 혼합 장르」(Une leçon d'histoire naturelle, genre commis)를 발표한다(3월 30일).

1838 라블레와 바이런을 읽었다. 낭만주의풍 역사극의 대본 「루와 11세」(Loys XI), 「단말마, 회의적 생각들」(Agonies, pensées sceptiques)과 「광인 일기」(Mémoires d'un fou)와 같은 자전적 이야기를 썼다.

1839 사드를 읽었다. 권태에 빠졌으며 철학반에서 퇴학당한 후 2월 24일 슈발리에에게 이런 편지를 쓴다. "내 직업 선택 문제에 있어서 내가 결심하지 못했다고 믿지 마라. 나는 아무 직업도 선택하지 않으리라 확고부동하게 결심했거든. …… 글 쓰는 것은? 어느 글도 출판하거나 공연하지 않으리라 내기를 걸어도 좋아. …… 하지만 이 세상에서 무언가 활동을 하게 된다면 그것은 사상가, 독설가가 될 것 같아."

1840 플로베르는 대학입학 자격시험을 치른 후에 피레네 산맥과 코르시카 섬으로 여행을 하며 글을 쓴다. 『추억, 은밀한 생각과 메모들』(Souvenirs, notes et pensées intimes)에 남긴 조각글 중에는 이런 글귀가 있다. "그 어느 때보

다도 오늘 나는 긴 여행을 하고 싶다는 생각에 사로잡혔다. 항상 동방에 가고 싶다. 나는 원래 거기에서 태어나서 살았어야 했다."

1841~42 플로베르는 파리에 자리를 잡고 법과대학에 등록한다. 하지만 몽테뉴의 저작을 읽고, 콜리에 자매와 슐레진저 부부, 프라디에 가족과 교분을 쌓는 데에 대부분의 시간을 보낸다.

1843 막심 뒤캉과 친교를 맺고 프라디에의 집에서 위고를 만난다. 『감정교육』(*L'Éducation sentimentale*)을 쓰기 시작했고 법학과 2학년 시험에 떨어진다.

1844 1월 퐁 레베크로 가는 길에 첫번째 간질이 발병한다. 그 후로 법학을 포기하고 오로지 문학에 매진한다. 그해 여름 크루아세에 구입한 집에 은둔을 한다.

1845 첫번째 판본의 『감정교육』을 탈고한다. 플로베르는 가족과 함께 누이동생의 신혼여행을 따라간다. 남프랑스와 이탈리아와 스위스를 여행하며 글을 쓴다.

1846 아버지가 1월에, 3월에는 누이동생이 죽는다. 플로베르가 조카 카롤린의 교육을 책임진다. 조각가 프라디에의 집에서 루이즈 콜레를 만난다. 사랑보다 예술이 큰 비중을 차지했던 폭풍 같은 관계와 서신교환이 시작된다.

1847 겨울에 친한 친구 루이 부이에와 함께 드라마와 희극적

오페라의 대본을 쓰고, 여름에는 뒤캉과 함께 브르타뉴 지방을 여행한다. 여행에서 돌아와 두 사람은 함께 여행기를 쓴다.

1848 플로베르는 부이에와 함께 혁명 현장을 목도한다. 루이즈 콜레와 이별하고 이를 두고 뒤캉은 이렇게 평가한다. "플로베르는 감정을 좋아하지 않는다. 그는 감정에 질렸고 감정에 만취했다고 말한 적 있다." 그의 친구 알프레드 르 푸아트뱅이 죽자 플로베르는 첫번째 『성 앙투안의 유혹』 (*La Tentation de saint Antoine*)을 집필하기 시작한다.

1849 『성 앙투안의 유혹』을 9월 12일에 탈고하고, 10월 29일 친구인 막심 뒤캉과 함께 동방여행길에 오른다.

1850 이집트, 팔레스타인, 로도스 섬, 소아시아, 콘스탄티노플, 그리스 등지를 여행한다. 막심 뒤캉은 '광적인 사진 찍기'에 몰두했고 플로베르는 문학적 표현으로 포착되지 않을 형태와 색깔을 묘사하려는 시도를 했다. 8월 5일, 훗날 플로베르의 문학적 '제자'가 될 기 드 모파상(Guy de Maupassant)이 태어난다. 모파상은 알프레드의 여동생 로르 르 푸아트뱅의 아들이다.

1851 그리스와 이탈리아를 거쳐 귀향한다. 플로베르가 슈발리에게 쓴 편지를 읽어 보자. "그래, 맞아. 나는 동방을 보았지만 예전보다 더 잘 아는 것 같지 않네. 왜냐하면 다시

돌아가고픈 생각이 들거든." 다시 루이즈 콜레와 관계를 맺고 『보바리 부인』(*Madame Bovary*) 집필을 시작한다.

1854 루이즈 콜레와 다시 헤어지고 여배우 베아트릭스 페르송과 관계를 맺는다.

1855 파리로 돌아왔지만 『보바리 부인』을 여전히 매듭짓지 못한다. 탕플 거리에 정착해서 매년 겨울을 그곳에서 지낸다. 3월 6일 루이즈에게 마지막 편지를 보낸다. "어제 저녁 세 번씩이나 내 집에 들르는 수고를 했더군요. 나는 집에 없었어요. 예의상 당신에게 미리 말해 두는 것인데, 앞으로도 나는 집에 없을 것이오."

1856 『보바리 부인』이 완결되어 『르뷔 드 파리』(*Revue de Paris*)에 10월부터 12월까지 연재된다.

1857 1월 29일 플로베르가 법정에 선다. 소설의 '관능적 색채'가 문제가 되어 기소되었으나 결국 무혐의로 처리되었다. 하지만 판결문에는 "지성을 고양하고 풍속을 순화해서 정신을 치장하고 재창조하는 것이 문학의 임무여야만 한다"며 플로베르에게 문학의 임무를 환기시켰다.

1858 사바티에 부인의 모임에 참가해서 공쿠르 형제, 생트뵈브, 보들레르, 고티에, 르낭, 페이도 등을 만난다. 봄에 알제리와 카르타고를 다녀온 후 『살람보』(*Salammbô*)의 첫번째 장을 완전히 다시 쓰기로 한다.

1861 날이 갈수록 플로베르는 자주 크루아세에 칩거했고, 공쿠
      르 형제에게『살람보』를 읽어 준다.

1862 『살람보』완성. 11월에 출간되어 하루에 천 부씩 팔린다.

1863 『살람보』에 대해 조르주 상드가 극찬을 한 기사를 썼고 이
      로 인해 두 작가 사이의 우정이 시작된다. 부이에와 도스
      무아와 함께『감정의 성』(*Le Château des cœurs*)이라는
      동화풍 희극을 쓴다. 10년 동안 작품을 무대에 올리려고
      애썼지만 실현되지 않았다.

1865 『감정교육』의 첫번째 장을 마친다. 런던으로 갔다가 막심
      뒤캉이 머무르고 있는 바덴으로 간다.

1866 8월에 십자 훈장을 받는다.

1868 쥘 뒤플랑에게 쓴 편지. "괴상한 사람들 사이에 끼어 앉는
      바람에 마니(Magny) 집에서의 식사를 완전히 망쳤다네.
      하지만 수요일마다 비숑(공쿠르 형제), 테오와 함께 마틸
      드 공주님 댁에서 식사를 하네." 5월에는 크루아세의 집
      으로 조르주 상드를, 11월에는 투르게네프를 초대한다.

1869 5월 16일『감정교육』을 탈고한다. 그리고 5월 말 플로베
      르는 뮈리오 거리로 이사한다. 6월에『성 앙투안의 유혹』
      을 집필하기 시작한다. 7월 18일 오랜 친구였던 루이 부
      이에가 사망한다.『감정교육』이 평단으로부터 악평을 받
      는다.

1870 크루아세에 있는 플로베르의 집이 마흔 명의 프러시안 병사에 의해 점령된다. 플로베르와 늙은 어머니는 루앙으로 피난을 간다.

1872 4월 6일 어머니가 죽고 뒤를 이어 고티에도 죽는다. 갈수록 외톨이가 되는 플로베르는 『성 앙투안의 유혹』을 마치고 『부바르와 페퀴셰』(*Bouvard et Pécuchet*)를 쓰기 시작한다.

1873 노앙에 있는 조르주 상드의 집에서 투르게네프와 함께 건강을 위한 요양을 한다. 기 드 모파상과 서신교환을 시작한다.

1874 『성 앙투안의 유혹』이 출간된다.

1876 6월 8일 조르주 상드가 죽는다. "오로지 그녀를 위해, 그녀를 즐겁게 해주기 위해 『단순한 마음』(*Un Cœur simple*)을 쓰기 시작했다. 그녀는 죽었고 나는 작품의 중간쯤에 멈춰 있다. 우리의 꿈은 항상 이 모양이다."

1877 『세 개의 콩트』(*Trois Contes*)가 연재된 후 나중에 단행본으로 묶인다.

1879 플로베르는 내키지 않지만 쥘 페리가 주는 3,000프랑의 연금을 받아들일 수밖에 없었다.

1880 5월 8일 『부바르와 페퀴셰』를 여전히 미완의 상태로 둔 채로, 플로베르는 뇌일혈로 세상을 뜬다. 그의 마지막 문

학적인 즐거움은 그가 혹독하게 문체연습을 시켰던 기
드 모파상의 단편 「비곗덩어리」(Boule de suif)를 읽는
것이었다.

작가가 사랑한 도시 시리즈

100년 전 도시에서 만나는 작가들의 특별한 여행 그리고 문학!!

01 플로베르의 나일 강 귀스타브 플로베르 지음, 이재룡 옮김

스물여덟 살의 플로베르가 돛단배로 떠난 넉 달간의 나일 강 여행! 편지로 어머니에게는 나태와 노곤함을, 친구에게는 동방의 에로틱한 밤을 전한다. 훗날 『보바리 부인』에 재현될 멜랑콜리와 권태의 원천이 되는 감각적인 기행문!!

02 뒤마의 볼가 강 알렉상드르 뒤마 지음, 김경란 옮김

1858년, 대문호 알렉상드르 뒤마가 러시아의 변경 볼가 강 유역을 방문한다. 당대 최고의 여행가의 펜 끝에서 펼쳐지는 칭기즈칸의 후예 칼미크족의 유목 생활과 풍습 그리고 그들의 왕성에서 열린 축제까지, 말 그대로 여행문학의 향연이 펼쳐진다!!

03 쥘 베른의 갠지스 강 쥘 베른 지음, 이가야 옮김

코끼리 모양의 증기 기관차를 타고 힌두스탄 정글을 가로지르는 영국군 퇴역대령과 프랑스인 친구들. 성스러운 갠지스 강 순례 도시들의 유적과 힌두교도들의 풍습이 당대를 떠들썩하게 한 세포이 항쟁의 정황과 함께 어우러진 독특한 모험소설!!

04 잭 런던의 클론다이크 강 잭 런던 지음, 남경태 옮김

알래스카 남쪽 클론다이크 강 유역에 금을 찾아 모여든 인간들. 차디찬 설원의 밤, 사금꾼들의 숙박소로 의문의 남자가 피를 흘리며 찾아든다. 야성의 본능만이 투쟁하는 대자연에서 전개되는 어긋난 사랑과 파멸. 섬뜩하면서도 매혹적인 독특한 여행소설!!

05 모파상의 시칠리아 기 드 모파상 지음, 어순아 옮김

프랑스 문단의 총아 모파상은 우울증이 심해질 때마다 여행을 떠난다. 시칠리아에 도달한 그가 마주한 것은…… 고대 그리스 신전과 중세의 고딕 성당, 화산섬 특유의 용암 풍광 등 자연과 예술이 하나 된 곳, 모더니티의 유럽인들이 상실해 가는 지고의 아름다움이었다.

06 뮈세의 베네치아 알프레드 드 뮈세 지음, 이찬규·이주현 옮김

베네치아를 무대로 천재화가이자 도박자 티치아넬로와 베일에 싸인 연인 베아트리체가 벌이는 사랑의 사태와 예술적 영혼들에 관한 성찰! 낭만주의 시인 뮈세와 소설가 조르주 상드의 "빛나는 죄악" 같은 사랑에서 탄생한 한 폭의 바람 세찬 풍경 같은 예술소설!!

07 에드몽 아부의 오리엔트 특급 에드몽 아부 지음, 박아르마 옮김

1883년 10월 4일, 당대 최고의 여행작가 에드몽 아부가 국제침대차회사의 초대로 오리엔트 특급 개통기념 특별열차에 탑승한다. 최신식 침대차의 호화로움과 파리에서 터키 이스탄불 사이의 여정이 상세하면서도 역동적으로 묘사된 여행 에세이의 백미!!

08 폴 아당의 리우데자네이루 폴 아당 지음, 이승신 옮김

19세기에 이미 전기 설비가 완성된 '빛의 도시' 리우. 폴 아당은 놀라운 속도로 개발되는 도시 외관과 아름다운 자연에 눈을 빼앗기면서도, 브라질 사람들의 순박하면서도 아름다운 생활상을 발견해 내는 아나키스트 작가의 면모를 숨김 없이 보여 준다.

09 라울 파방의 제1회 아테네 올림픽 라울 파방 지음, 이종민 옮김

제1회 올림픽이 열린 아테네에 『주르날 드 데바』지의 특파원 라울 파방이 도착한다. 기자 다운 정확성으로 생생히 재현되는 IOC 창설 과정, 근대 올림픽 개최를 둘러싼 갈등, 각종 경기장들의 건립 상황 등 올림픽 뒤 숨겨진 이야기들!!

10 라마르틴의 예루살렘 알퐁스 드 라마르틴 지음, 최인경 옮김

'평화의 도시' 예루살렘. 유대교와 기독교, 이슬람교가 각축한 복잡한 역사를 고스란히 담고 있는 이 성소로 낭만주의 시인 라마르틴이 병든 딸과 여행을 떠난다. 시인의 내면 깊이 간직된 신앙심과 자연에 대한 애정이 이 도시를 바라보는 시선에 그대로 배어 있다.

*〈작가가 사랑한 도시〉 시리즈는 계속됩니다!

지은이 귀스타브 플로베르(Gustave Flaubert)

1821년 프랑스 루앙에서 태어난 플로베르는 소설에서 사실주의 사조를 처음 실현한 선구자로 평가된다. 오로지 문체의 힘으로 글을 버티게 한다는 그의 '문체 중심주의'는 프랑스 산문정신의 정수를 실현한 것이며, 소설에서 작가의 비개입, 몰개성을 주장한 것 역시 후대 소설가에게 커다란 영향을 끼쳤다. 습작기를 거쳐 대중 앞에 처음 본격적으로 선보인 『보바리 부인』은 프랑스 현대문학의 시발점으로 꼽히고 있다. 『감정교육』, 『성 앙투안의 유혹』, 『살람보』 등으로 작품 활동을 지속했지만 과도할 정도로 문장을 고치고 개작한 탓에 문학에 바친 시간과 노력에 비해 작품량은 그리 많지 않은 편이다. 작품보다 훨씬 많은 분량을 남긴 서간문은 근래 들어 작품과 대등한 대접을 받을 만큼 그 예술성과 사유의 깊이를 인정받고 있다.

옮긴이 이재룡

1956년 강원도 화천에서 태어나 성균관대학교 불어불문학과를 졸업하고, 프랑스 브장송 대학교에서 석사와 박사 학위를 받았다. 지은 책으로는 『꿀벌의 언어』(2007), 옮긴 책으로는 장 에슈노즈의 『금발의 여인들』(*Les Grandes Blondes*, 1995), 『일 년』(*Un An*, 1997), 『달리기』(*Courir*, 2008), 밀란 쿤데라의 『참을 수 없는 존재의 가벼움』(*L'Insoutenable Légèreté de l'être*, 1990), 『정체성』(*L'Identité*, 1998), 조엘 에글로프의 『장의사 강그리옹』(*Edmond Ganglion et fils*, 2001), 『해를 본 사람들』(*Les Ensoleillés*, 2001), 『도살장 사람들』(*L'Étourdissement*, 2009), 외젠 이오네스코의 『외로운 남자』(*Le Solitaire*, 1989), 마리 르도네의 『장엄호텔』(*Splendid Hôtel*, 1997) 등이 있으며, 2010년 현재 숭실대학교 불어불문학과 교수로 재직 중이다.